너의
MBTI가
궁금해

# 너의 MBTI가 궁금해

**초판 1쇄 발행** | 2023년 6월 8일
**초판 2쇄 발행** | 2023년 11월 15일

**지은이** | 조경아·정명섭·정재희·최하나
**펴낸이** | 박영욱
**펴낸곳** | 북오션

**주  소** | 서울시 마포구 월드컵로 14길 62 북오션빌딩
**이메일** | bookocean@naver.com
**네이버포스트** | post.naver.com/bookocean
**페이스북** | facebook.com/bookocean.book
**인스타그램** | instagram.com/bookocean777
**유튜브** | 쏠쏠TV·쏠쏠라이프TV
**전  화** | 편집문의: 02-325-9172   영업문의: 02-322-6709
**팩  스** | 02-3143-3964

**출판신고번호** | 제 2007-000197호

ISBN 978-89-6799-762-5 (43810)

조경아
－
정명섭
－
정재희
－
최하나

# 너의
# MBTI가
# 궁금해

Bookocean

· 조경아 ·

# 마음을 읽어 줘

믿기 어렵겠지만, 나는 사람의 성격을 읽어 낼 줄 아는 사람이다. 그렇다고 초능력을 가진 것은 아니다. 사람의 태도와 말, 그리고 행동을 보고 MBTI를 알아내는 능력을 가지고 있기 때문이다. 덕분에 나는 의도치 않게 주변 사람들의 성격과 인간관계 상담을 해줘야 하는 경우가 종종 있었다. 가족들 사이에서도 말이다.

　"수연아! 얼른 일어나 봐."

　짜증이 났다. 오늘은 학교도 가지 않는 날이었고 5분 후면 다시 알람이 울릴 거라 5분만 더 누워 있고 싶었다. 엄마는 왜 지금 나를 깨우려고 하는 걸까? 겨우 눈을 떠보려는데, 엄마가 근심 어린 얼굴로 나를 내려다보고 있었다.

"왜 이렇게 일찍 깨워. 아직 방학인데."

"나, 정말 너희 아빠 때문에 화나서 미치겠어."

또 시작이었다. 언제부터인지는 모르겠지만, 엄마는 나에게 자신의 고민을 털어놓기 시작했다. 뭔가 뒤바뀐 것 같은 느낌이지만, 내가 엄마한테 고민을 상담하는 것보다는 나은 것 같아 계속 받아주다 보니 나름 재밌는 구석도 있었다. 더구나 잔뜩 찌푸린 엄마의 미간을 보면 귀엽기도 하고 또 무슨 일인가 궁금해지기도 했다.

"또 왜?"

"너희 아버지라는 사람 도대체 왜 그러니? 내가 일주일 전부터 세차 좀 하고 실내 청소도 하라고 얘길 해도 들은 척도 안 해서 내가 직접 동네 세차장 가서 세차하고 왔거든? 근데 손 세차로 안 했다고 막 화를 내는 거야. 자기가 손수 하려고 했는데 말도 없이 자동 세차해서 코팅 다 벗겨졌다고. 도대체 누가 누구한테 화를 내야 하는 거니? 기가 막혀서."

"아빠는 전형적인 인팁(INTP)이라고 몇 번을 말해. 생각 많고 게으르지만 간섭하는 건 또 싫어하는. 더구나 코팅 아빠가 직접 했던 거잖아."

"그게 간섭이니? 하도 더러워서 내 돈 주고 내가 세차한 건데."

"어쩌겠어. 엄마가 저런 사람인 거 알면서 먼저 좋아했다며."

"살면 살수록 도대체 무슨 생각을 하고 사는 사람인지 모르겠어."

"그래서 아빠는 지금 뭐 하는데?"

"뭐 하긴. 지금 아침도 안 먹고 자동차 손수 코팅하신다고 매달려 있어."

"알았어. 내가 말해 볼게."


20년을 함께 보낸 부부인데도 부모님은 아직도 서로에 관해 잘 모르는 것 같았다. 그래도 비교적 부모님의 사이는 건강한 텐션을 유지하고 있는 편이다. 인간은 서로 잘 알면 알수록 텐션이 느슨해지는 법이니까. 그런 면에서 오해와 착각은 인간관계를 오래 유지하는 데 꼭 필요한 요소인 것 같다. 침대에서 벌떡 일어나 이불을 털려다가 문득 오늘 학원이 끝난 후 상담 하나가 있다는 사실이 떠올랐다. 고등학생이 되기 전까지만 상담하기로 마음먹었던 터라 오늘 상담이 마지막일 수도 있었다.

"너 혹시 인프피(INFP)니?"

"어떻게 알았어? 오늘 처음 봤는데."

"나한테 직접 말을 건네지 않고 은지를 통해서 연락한 거 보면 분명 E(외향)는 아닐 것 같았어. 게다가 십자가 목걸이를 하고 있는 걸 보니까 N(직관)일 확률이 높고, MBTI에 대해 궁금하다고 여기까지 찾아온 걸 보면 분명 관계성을 중요하게 생각하는 F(감정)일 수밖에 없는 거지. 보통 T들은 이런 거 불신하는 편이거든. 마지막으로 어제 약속을 잡을 때 보니까 자유롭고 즉흥적인 면이 보여서 P일 거라고 생각한 거야."

"우와, 너 지금 완전 탐정 같았어."

"그래서 진짜 알고 싶은 게 뭔데?"

"실은 요즘 신경 쓰이는 남자애가 있는데 걔랑 내가 사귈 수 있을까 해서."

"그런 거라면 잘못 찾아온 거 같은데? 내가 타로점 보는 사람도 아니고."

"MBTI로 궁합도 봐준다고 들었는데?"

"궁합이 아니라 MBTI 16가지 유형 간의 상호 관계에 대해 쉽게 설명해주는 거지."


내가 좋아서 하는 일이지만, 이럴 때마다 당황스럽고 그만두고 싶다는 생각이 들었다. 중학교 때부터 MBTI에 관심이 많았다. 관련된 책을 찾아보고 인터넷에 떠도는 정보까지 하나하나 섭렵하다 보니 이제는 자연스럽게 누군가의 말이나 행동에서 나오는 단서들로 그 사람의 MBTI를 알아내는 능력이 생겼다. MBTI를 추측하고 사람들의 관계성을 살피는 일이 어렵지 않게 되자 처음에는 우쭐한 기분도 들었지만, 생각처럼 그렇게 특별한 능력도 아니었다.

공감 능력과 직관력이 뛰어난 NF들에게 약간의 분석력이 추가되면 충분히 발현될 수 있는 능력이기 때문이다.

중학교 때 진로 문제에 도움이 된다는 이유로 친구들의 MBTI를 알아보는 특별수업을 하게 되었는데, 그때 이미 MBTI에 대해 잘 알고 있던 나는 의도치 않게 친구들 사이에서 주목받게 되었다. 그리고 지금은 나름 MBTI 전문가가 되어 원하는 친구들에게 상담을 해주기 시작했다. 처음엔 그저 재미로 시작한 일이었지만, 하다 보니 어느새 능숙한 상담가가 된 기분이 들기도 했다. 무엇보다 미지의 누군가를 알아보고 도움을 줄 수 있다는 사실이 내심 뿌듯하고 만족스러웠다. 지금 내 앞에서 눈을 반짝거리고 앉아 있는 지수라는 친구도 그런 이유로 나를 찾아온 것이다. 단짝인 은지의 초등학교 친구의 친구라고 해서 되도록 잘 해줘야 하는 상황이었지만 인프피(INFP)인 지수가 나를 앞에 두고 점술가나 예언가 취급하는 분위기는 영 내키지 않았다. MBTI 유형별로 가질 수 있는 성격별 특징들이 폄하되거나 밈이 되는 것을 누구보다 싫어했지만, 지금 앞에 앉아 있는 지수는 자기만의 세계에 빠져있는 대책 없는 몽상가 인프피(INFP) 그 자체였다.


"그럼 혹시 관심 있다고 하는 그 남학생의 MBTI는 알고 있니?"

"아니, 모르겠어."

"그럼 대충 성격적 특성이나 취향 같은 건?"

"아직 친한 사이도 아니고 말도 해본 적이 없어. 아, 맞다. 너도 은지랑 같이 3반 되었다고 했지?"

"설마, 그 남학생도 3반이야?"

"응. 학원에서 친구들이랑 하는 말 들었어."

"이름이 뭔데?"

"이름도 몰라. 학원에서 몇 번 본 게 다야."

지수는 수줍지만 해맑은 표정으로 내 얼굴을 빤히 쳐다보고 있었다. '그래서 뭘 어쩌라고?'라는 말이 내 목구멍까지 올라왔지만, 딸꾹질을 참듯 겨우 참았다. 인프피들이 모두 이런 식은 아니었지만, 전형적인 인프피들의 특징이기도 했다. 인프피들은 감성적이고 순수한 편이지만, 호감 있는 이성을 대할 때면 그 사람이 어떤 사람인지보다 그 사람에게 빠진 자신의 감정이 더 소중해서 자기 멋대로 상대방을 상상하다 실제 인물과 상상이 일치하지 않으면 금세 마음이 식어버리는 특징이 있다.

"그렇구나. 이름도 모르는데 내가 뭘 어떻게 해야 하지?"

"오늘 학원에 가서 이름 정도는 알아볼 수 있을 것 같아."

"근데, 지수야. 그 남학생이 같은 반 친구가 될 거라고 하니까 왠지 내 입장이 좀 불편해질 것 같은데?"

"아, 그럴 수 있겠네. 미안. 그럼 다른 방법이 있을까?"

"일단 오늘은 내가 인프피(INFP)와 잘 어울리는 MBTI 유형을 알려줄 테니까 그걸 바탕으로 네가 좋아하는 그 남학생에게 대입을 해보면 어떨까? 만약 너와 잘 맞는 유형이라면 생각보다 쉽게 친해질 수도 있을 거고."

"그래, 한번 해볼게."

"그런데 혹시 인프피(INFP)에 대해서는 잘 알고 있니?"

"응. 요즘 학원에서도 공부 방식 때문인지 꼭 물어보더라고. 물론 나는 내가 인프피(INFP)라는 사실이 마음에 들어."

"다행이네. 그럼 인프피(INFP)에 대한 설명은 생략하고 인프피랑 잘 맞는 MBTI 유형에 대해 설명해줄게. 인프피는 대개 엔프제(ENFJ)와 엔티제(ENTJ)랑 가장 잘 어울린다고 해. 인프피는 내향형이니까 상대적인 외향성을 가진 대상을 동경하는 편이고, 자유분방하고 즉흥적인 면을 보완해줄 수 있는 J들과 어울리면 서로의 부족함을 채울 수 있는 관계가 되기 쉬운 거지. 처음에 자연스럽게 친해지려면 사실 말이 잘 통해야 하는데 S와 N의 경우 세계관 자체가 달라서 서로를 알면 알수록 이해하기가 힘든 편이라 N 유형은 같은 N 유형을 만나야 쉽게 친해질 수 있어. 특히 인프피의 경우 감정적인 직관형이라 경험과 현실적인 면을 중시하는 S들에게는 공감을 얻기 힘든 편이기 때문에 S와 만나면 N은 상처를 받고 S는 N을 이해 못 하는 경우가 많대. 거기다 ST라면 NF와는 더 상극이 될 수도 있고. 물론 이것도 사람마다 그 정도가 다르니까 다 그렇다는 얘기는 아니야. 이해하지?"

"그러니까 나 같은 사람은 ST와는 아주 상극이란 말이지?"

"다시 말하지만 절대로 절대적인 건 아니야. 그런 경향이 있다는 거지."

"근데 내가 좋아하는 그 아이가 ST면 어쩌지?"

지수는 금세 울상이 되어 내게 물었다. 아직 사귀는 사이도 아닌데 그냥 포기하고 다른 사람 좋아하면 된다고 말해주려다가 그냥 입을 다물었다. 혼자 사랑에 빠졌다가 혼자 이별하고 또 다른 사랑에 금세 빠지는 일이 많은 인프피(INFP)를 왠지 비난하는 말 같았기 때문이다. 늘 하던 방식대로 친절하고 다정하게 말해 주기 위해 나는 눈치채지 못하게 짧은 한숨을 쉬고 대답했다.

"아직 이름도 모른다면서. 미리 걱정하지는 마."

"최대한 알아봤는데 만약 S라면 너한테 다시 상담을 요청해도 될까?"

차마 대답은 하지 못하고 고개를 살짝 끄덕였다. 솔직하게 말하면 다시 지수라는 아이를 만나거나 대화하고 싶지 않았다. 반면에 지수는 내 형식적인 끄덕임에 힘을 얻었는지 환하게 웃었다. 다정하게 인사를 하고 떠나는 내내 지수는 자꾸만 뒤를 돌아보며 내가 자신을 보고 있음을 확인했다. 지수가 시야에서 완전히 보이지 않을 때가 돼서야 나는 김이 빠져 버린 콜라를 한 모금 마시고 자리에서 일어섰다. 이제 이런 상담은 정말 마지막이라고 다짐하면서.

🚶 🚶 🚶

"그러니까 거기 내 자리라고, 새끼야!"

입학 첫날임에도 불구하고 교실로 들어서자마자 누군가의 험악한 목소리가 들렸다. 작은 체구의 남학생 주변에 덩치가 큰 남학생 셋이 둘러서서 비겁하게 위협을 가하고 있었다. 모두가 서먹한 상태였는데 벌써부터 부당한 먹이사슬 관계를 형성하려는 것을 보니 고등학교 생활도 만만치 않을 모양이다. 인프제(INFJ)인 나는 이런 상황을 도저히 그냥 넘어가기 힘들었다. 전생에 무언가 큰 빚을 진 사람처럼 어떻게든 부당함에 맞서고 싶어 하는 본능이 꿈틀거리면서 나도 모르게 잔뜩 주눅이 든 남학생 앞으로 한 발짝 다가섰다. 그때 뒤에서 누군가 내 어깨를 꽉 잡고 놓아주지 않았다. 역시 내 좋은 친구 은지였다. 은지는 언제 친구가 되었는지 모를 정도로 오래된 내 절친이었다. 은지가 고개를 살랑살랑 흔드는 것을 보니 나서지 말고 제발 가만히 있으라는 말이었다. 그때 또 다른 누군가가 내 어깨를 살짝 스치며 앞으로 나섰다.

"너 혹시 상도초등학교 황재찬?"

"어, 이태섭?"

"이야, 우리 초등학교 졸업하고 3년 동안 롤에서만 보다가 이번에 같은 반 된 건가?"

"너도 우리 학교라는 말은 들었는데, 같은 반이었구나!"

"반갑다. 친구야! 근데, 우리 동석이랑도 아는 사이?"

"어? 아니, 내가 맡아 둔 자리에 앉아 있어서 그냥 물어본 거야. 혹시 친해?"

"그럼, 우린 중학교 동창이었는데!"

"짜식, 여전히 인싸네."

"오랜만에 만났는데 이따 PC방 어때?"

태섭이라는 아이의 등장에 썰렁하던 교실 분위기는 어느새 훈훈해졌다. 양아치 기질이 다분한 남자아이들이 입학 첫날부터 자신들의 먹잇감을 찾기 위해 동석이라는 아이에게 시비를 걸었다가 태섭이의 기지로 분위기가 반전된 것이다. 나중에 알게 된 사실이지만, 태섭이는 동석이를 전혀 몰랐고, 심지어 같은 학교 출신도 아니었다. 덕분에 세 명의 양아치들은 먹잇감을 잃었고, 다시 교실에서 험악한 분위기가 연출되는 일은 없었다. 태섭이라는 친구는 기발한 센스와 함께 유쾌함까지 장착하고 태어난 사람 같았다.

"아까 걔 좀 멋있었다. 그렇지?"

"누구?"

"모른 척하기는. 아까 입 벌리고 쳐다봤으면서."

"그냥 좀 신기해서."

"신라중에서 유명한 인싸였대."

"너만큼?"

"나랑은 결이 좀 다르지. 암튼 똑똑해서 맘에 들어."

"똑똑하기보단 현명했지."

"맞다. 지난주 상담해줬던 지수 기억하지?"

"왜? 혹시 너한테 또 연락 왔어?"

"너한테 연락이 안 되니까 당연히 나한테 왔지."

"그래서 뭐라고 해?"

"지수가 좋아한다는 애가 쟤더라고. 태섭이."

은지는 고갯짓으로 뒷자리에 앉아 있는 태섭을 가리켰다. 나도 모르게 입이 떡하고 벌어졌다. 그러고 보니 태섭은 지수가 좋아할 만한 사람으로 보였다. 고등학생이 되면서 사람들의 MBTI를 알아내는 일은 절대 하지 않겠다고 결심했는데, 태섭의 경우는 노력하지 않아도 저절로 알 것 같았다. 태섭은 엣팁(ESTP)이 분명했다. 전형적인 엔프피(ENFP)인 은지와는 조금 결이 다른 유형의 인싸였다. 은지가 뛰어난 공감능력과 친화력으로 사람들에게 다가간다면 태섭이는 타고난 호기심과 재미로 사람들에게 다가가는 타입이었다. 그래서 엣팁들에게 너무 가까이 다가가는 것보다 적당히 거리를 두어야 상처를 덜 받는다는 얘기도 있다. 특히 내향적인 성격을 가진 사람들은 더욱 그랬다. 안타까운 것은 태섭이 정말 엣팁(ESTP)이라면 인프제(INFJ)인 나와 완벽한 상극이라는 사실이다.

🚶🚶🚶

정신없이 2주가 지났다. 새로운 환경과 사람들에 적응

하는 일은 언제나 쉽지 않았다. 하지만 새로운 사람들의 성격을 맞추는 것은 늘 흥미롭고 설레는 일이었다. 덕분에 나의 MBTI 오지랖은 여전히 진행 중이었다. 제일 관심이 가는 사람은 역시나 담임 선생님이었는데, 결론적으로 담임 선생님은 전형적인 엔프제(ENFJ)로 보였다. 꼰대가 되기 쉬운 잇티제(ISTJ)였던 중3 담임을 생각하면 비교적 수월한 타입이다.

"우리 반에 아무리 봐도 나랑 같은 인프제(INFJ)는 없는 것 같아."

"그래? 내가 보기엔 쟤도 너랑 비슷한 과 같던데?"

"누구?"

"소이연!"

"아, 얼굴 하얗게 질린 것처럼 새초롬한 애?"

"너도 좀 그런 편이잖아."

"아니, 내가 보기엔 잇티제(ISTJ) 같아"

"그래? 전문가가 그렇다면 그런 거겠지."

그때 갑자기 누군가가 은지와 내 뒤에 바짝 다가서는 느낌이 들었다. 은지가 먼저 뒤돌아보더니 깜짝 놀라는 표정을 지었다. 태섭이 뒤에서 익살스러운 표정을 짓고 있었기 때문이다.

"눈치 빠르네. 깜짝 놀라게 해주려고 했는데."

"그러기엔 너무 요란스럽게 다가온 것 같은데?"

"하하, 그런가? 역시 예민하네."

"근데, 무슨 일?"

"아! 물어볼 게 있어서. 너희들 혹시 진로활동 방송과 관련된 걸로 할 거니?"

"아마도?"

"잘됐다. 그럼 나 좀 끼워 줘."

"내 기억으론 우리가 그 정도로 친한 사이는 아닌 것 같은데?"

"한 달 정도 같은 반에서 수업받았는데 이 정도면 친한 사이 아닌가?"

"그렇다고 치고. 우리가 방송 관련된 걸로 할지 어떻게 알았어?"

"제일중학교에서 너희 둘 유명했다며. 방송반으로."

"인싸라더니 정보력이 좋네."

"인싸는 또 인싸끼리 알아보는 법이지."

"근데 우린 방송 현장 견학보단 방송 제작진 인터뷰를 해볼까 해."

"진짜? 실은 나도 그럴 생각이었어."

"근데 한 명이 더 있으면 좋을 것 같아. 또 생각해둔 사람 없어?"

"우리 팀엔 이미 인싸 두 명이 있으니까 나머지 한 명은 얘처럼 조용하고 꼼꼼한 아싸가 좋을 것 같은데."

"혹시 쟤는 어때?"

결이 다른 인싸들의 핑퐁 대화가 오가는 사이에도 나는 멍하니 꿀 먹은 벙어리가 되어 있었다. 그동안 한 마디도 해보지 못했던 태섭이 먼저 다가와 말을 걸어주니 뭐라 말을 할 엄두가 나지 않았다. 그 와중에 은지는 좀 전에 나와 나눴던 이야기가 떠올랐는지 성실한 일꾼이기도 한 잇티제(ISTJ) 이연을 가리켰다.

"오, 수연이랑 분위기도 비슷하네."

태섭이가 내 이름을 처음 말했다. 부른 것도 아니고 마치 옆에 없는 사람처럼 이름을 말하기는 했지만, 나도 모르게 심장이 쿵 하고 내려앉았다.

"좋아! 그럼, 오늘 수업 끝나고 잠깐 모여서 얘기를 좀 해보자."

"저기, 근데 소이연한테 먼저 물어봐야 하지 않을까?"

"오! 수연이 너도 말을 할 줄 아는 아이였구나?"

"야, 수연이 건드리지 말고. 얼른 가서 물어봐."

"오케이. 실은 나도 바라던 바야. 잠시만 기다려."

말이 끝나자마자 태섭은 나비처럼 사뿐히 다가가 창가에 앉아 있는 이연의 어깨를 두드렸다. 이연의 반응도 우리와 크게 다르지 않았다. 적어도 십 년은 알았던 것 같은 친근한 말투로 말을 건네는 태섭을 신기하게 쳐다보더니 우리 쪽으로 시선을 돌렸다. 나는 어색하지만 친절한 미소를 지었고, 은지는 손까지 흔들며 이연과 반갑게 인사했다. 잠시 고민하던 이연은 수줍은 듯 고개를 숙이더니 이내 고개를 끄덕였다. 그러자 태섭은 오케이라고 외치며 뿌듯한 표정으로 찡긋 웃었다.

아무리 봐도 태섭은 엣팁(ESTP)이 분명했다. 자기주장
이 강하지만, 사람을 파악하고 다룰 줄 알기 때문에 자신
이 원하는 방향으로 일을 추진하는 능력도 뛰어난 엣팁의
특징을 완벽하게 갖추고 있었다. 더구나 엣팁임에도 불구
하고 어느 정도의 공감 능력까지 가지고 있어 친화력도 좋
았다. 그런 태섭에게 선택을 받은 것 같은 기분이 들어 왠
지 더 들뜬 기분이었다. 고작 진로활동을 함께할 팀원을
정하는 일이었지만, 태섭은 이미 나와 은지가 중학교 때
방송반이었다는 사실을 알고 있었다. 태섭에 대한 생각들
이 꼬리에 꼬리를 물고 계속되다가 어느 순간 덜컥 가슴이
내려앉았다. 전형적인 엣팁(ESTP)들과 맞지 않는 MBTI
유형에 인프제가 들어간다는 사실이 다시금 떠올랐기 때
문이다. 기본적으로 ST들은 NF 성향이 높은 사람들을 못
견뎌 하는 경향이 있다. 더구나 엣팁들은 자유로운 영혼들
이 많고 NF 특유의 감성을 이해하지 못하거나 비하하는
경향까지 있다.

문득 태섭에게 호감을 얻고 싶어 하는 내 마음이 웬지 모르게 한심하게 여겨졌다. 누군가에 대해 제대로 알기도 전에 빠져버리는 일을 처음 겪은 나는 이 모든 게 신기하고 놀랍고 어색했다. 더불어 태섭이 역시 나에게 호감이 조금이라도 있을까, 하는 생각에 그 애가 했던 모든 행동과 말들을 곱씹어 보기도 했다. 그러자 불안하고 초조한 마음이 심화되면서 기대와 실망이 시소를 타듯 오르내렸다. 결국 태섭의 마음을 사로잡고 싶다는 열망으로 나는 조금씩 비이성적인 생각에 몰두하기 시작했다.

"다들 주말에 뭐 하니?"

"학원 가지 않을까?"

"근데 이번 주 안에는 인터뷰 대상이나 일정 정도는 정해야 할 것 같은데."

"그렇긴 하지. 그럼 학원 끝나는 시간에 맞춰서 학교에서 볼까?"

"누가 모범생들 아니랄까 봐. 나 생선으로 받은 커피 쿠폰이 좀 있거든? 그거 써야 하니까 학원 끝나고 카페에서 보자."

태섭이 생일 선물로 받은 커피 쿠폰이 있다는 이야기를 듣고 괜히 또 가슴이 내려앉았다. 여학생도 아닌 남학생이 생일 선물로 커피 쿠폰을 받았다는 것은 여자 친구가 있을 확률이 높기 때문이다. 여자 친구가 있을지도 모른다는 생각이 들자 나는 또 괜한 망상에 빠져 갑자기 우울해졌다. 무언가를 시도하기도 전에 이미 져버린 느낌이었다.

🚶 🚶 🚶

엣팁(ESTP)의 이상형은 외모가 어느 정도 준수하고 남들과 다른 매력 포인트가 있어야 한다. 사실 이건 엣팁이 아니라 모든 남자들의 이상형 아닐까? 어쨌든 단순하게 말하면 엣팁의 경우 다른 어떤 조건보다 자기가 좋아하는 사람이 이상형이다. 그래서 엣팁들에게 먼저 고백하거나 고백받기 위해 마냥 기다리는 일은 어리석은 짓이다. 엣팁들은 좋아하면 바로 티를 내거나 고백을 직접적으로 하는 유형이기 때문이다. 물론 좋아하는 사람 앞에서는 엣팁도 심하게 뚝딱거린다. 하지만 내향성인 사람들과 다르게 반드시 티를 내서 상대방을 좋아하고 있음을 알리고자 노력한다. 밀고 당기기는 전혀 못 하고 사랑에 빠지면 계속 당기는 스타일이 엣팁의 연애 성향이다. 그럼에도 엣팁의 이상형을 굳이 찾는다면, 활달한 엣팁의 성향과 다르게 약간 차분하면서도 어느 정도 유머 코드가 맞는 사람에게 끌린다고 한다. 그러니까 재밌게 대화를 할 줄 알면서도 엣팁이 급발진할 때 차분하게 잡아 줄 수 있는 사람을 원하는 것이다.

"그래, 이건 맞는 말 같아. 이번 팀을 짜는 것만 봐도 알 수 있잖아."

"근데 생각보다 까다롭다. 보기엔 엄청 털털해 보이던데."

"엣팁들이 속이 좋아 보여도 은근히 복잡한 사람들이야."

"그러게. 쿨한 척하지만 질투심도 많고 친구같이 편한 걸 좋아하면서 각자의 시간을 존중해주기를 바라고. 이건 뭐 어쩌라는 건지."

"말을 하자면 그렇다는 거겠지."

"한마디로 엣팁은 고백할 게 아니라 고백하게 만들어야 한다는 거네."

"근데 태섭이가 나 같은 사람을 좋아할까?"

"야! 당연하지. 내 보기엔 네가 더 아까워."

"근데 내가 좀 표현을 못 하는 스타일이잖아."

"내가 도와줄까?"

"안 돼. 은지 넌 얼굴에 다 티가 나서."

"내가?"

"쉿! 저기 온다."

팔꿈치로 은지를 툭 건드리며 조용히 하라는 신호를 보냈다. 은지와 함께 엣팁에 대해 연구하는 중이었다. 누구보다 MBTI에 대해 잘 알고 있다고 생각했는데, 막상 나에게 대입시켜 보니 그동안 내가 모르는 게 많았다는 생각이 들었다. 더 알고 싶은 마음에 연구하다 보니 공식적인 자료보다 나처럼 사이비 전문가들이 쏟아놓은 블로그 혹은 동영상 자료들이 더 많았다. 어젯밤 그 자료들을 훑어보며 나름 정리한 것을 은지와 함께 보고 있었다. 태섭이 카페 문을 열고 들어서며 손을 흔들자, 은지는 무언가 들킨 사람처럼 어색하게 자리에서 일어섰다.

"먼저 와 있었네? 근데 은지는 어디 가?"

"나, 화장실."

"소이연은 아직 안 온 건가?"

"응. 학원이 좀 늦게 끝난다고 했어."

"뭐 마실래? 커피 말고 다른 음료도 가능해."

"나는 그냥 아무거나."

"근데, 수연이 넌 아나운서 했었니? 목소리 톤이 멋지다."

"아니, 은지가 했지. 너도 멋진 것 같더라."

"내 목소리?"

"아니, 개학 날 황재찬 무리가 동석이 괴롭히려 했을 때."

"아, 그거? 그냥 분위기 험악해지는 거 싫어서 그런 거지. 뭐 정의의 사도 그런 건 아니야. 난 분위기 다운되는 거 딱 질색이거든."

진로활동에 대한 본격적인 이야기가 시작되자 태섭은 언제나처럼 주로 은지와 대화를 나누었지만, 시선은 말이 없는 나와 이연을 향하고 있었다. 말이 없는 사람들의 눈치를 보는 것이라고 애써 생각해보려 했지만, 그 애와 눈이 마주칠 때마다 배 속에 나비가 날아다니는 것처럼 간질거렸다. 혹시나 하는 마음 때문이었다.

"실은 우리 삼촌이 지금 방송국에서 근무하시거든."

"아, 그래서 이걸 해보자고 한 거구나? 우리가 따로 신경 쓸 필요는 없겠네. 거의 확실한 거니까."

"안 그래도 오늘 저녁에 가족들 다 모이는 날이라 말 꺼내기도 쉬울 거야."

"그럼 섭외는 된 거고, 이젠 뭘 하면 되는 거지?"

"저기, 이거 한번 봐줄래?"

잠자코 있던 내가 한마디 하자 세 명의 시선이 모두 나에게 쏠렸다. 이렇게 주목받는 순간을 좋아하진 않지만, 오늘은 왠지 모르게 뿌듯했다. 학원 연습장에 끼워두었던 A4 용지 하나를 꺼내 아이들에게 내밀었다. 어젯밤 작성해 본 진로활동에 필요한 각 팀원들의 역할과 인터뷰 진행 스케줄 표였다.

"우와, 이런 걸 언제 다 했어?"

"얘가 원래 방송반에서도 살림꾼이었음. 확신의 J형 인간이기도 하고."

"J형 인간? MBTI 얘기하는 건가?"

"우리 수연이는 MBTI에도 빠삭한 전문가라 요청하면

상담도 해준다."

"그래? 난 솔직히 그거 잘 모르겠던데."

"태섭이는 혹시 엣팁(ESTP) 아니니?"

"어, 맞아. 어떻게 알았어?"

"전문가라고 했잖아."

"근데 난 좀 그렇더라. 사람을 어떻게 16가지 유형으로 나눌 수 있냐?"

"정확히 나눈다기보다 그냥 어떤 성향에 가까운지 파악하고 서로의 다름을 알고자 하는 취지에서 만들어진 거야. 그렇게 진지하게 생각할 필요는 없어."

"물론, 그렇겠지. 근데 요즘 너무 여기저기에 갖다 붙이니까 난 좀 질리더라."

"야, 그런 말 하지 마. 수연이 상처받아."

"아니야. 누가 그런 걸로 상처받는다고."

"내가 아니라 은지 너한테 상처받은 것 같은데?"

"대화 중에 미안한데, 나도 좀 할 말이 있어."

내내 입을 다물고 있던 이연이 우리들의 불편한 대화에 불쑥 끼어들었다. 덕분에 세 사람은 자칫 서먹해질 수 있었던 분위기를 다시 제자리로 돌려놓을 수 있었다.

"이연이도 말을 할 줄 아는 아이였구나? 궁금하다. 얼른 말해 봐."

"여기 보면 은지와 태섭이가 섭외와 인터뷰어 역할을 하고 자료조사와 인터뷰 질문지 작성은 나와 수연이가 맡기로 되어 있는데."

"혹시 더 좋은 생각 있니?"

"진로활동이라고 해도 어쨌든 기록해 놓는 건데, 명색이 방송 관련 직업을 알아보면서 그냥 보고서만 올린다는 게 좀 재미없을 것 같아."

"뭔가 좀 심심하긴 하지."

"그래서 좋은 생각이라도 있는 거야?"

"진로활동 내용을 보고서로 제출하기는 하지만 동영상으로 제작해보는 것도 좋을 것 같아. 보고서에 동영상 주소 적어놔도 좋고. 명색이 방송 관련 진로활동 보고서인데 방송 프로그램처럼 만들어 보면 만드는 사람도 보는 사람도 재미있을 것 같아서."

"좋은 생각이다. 근데 일이 너무 커지는 거 아닐까?"

"수연이가 큐시트 초안을 작성하고, 동영상 촬영이랑 편집은 내가 할 수 있을 것 같거든."

"오, 진짜? 그런 것도 할 줄 알아? 혹시 너도 방송반이었니?"

"아니. 그냥 개인적으로 재밌어서 몇 번 해본 게 다지만, 그래도 기본은 할 줄 알아."

"완전 범생인 줄 알았더니 아니었네? 너 반전 매력 쩐다. 하하!"

태섭이 장난스럽게 엄지를 들어 올리며 이연을 추켜세우자, 이연은 자신에게 쏟아지는 시선이 부담스러웠는지 다시 입을 닫았다. 이연의 아이디어를 추가해서 다시 계획서를 작성해보겠다고 말하고 난 뒤 급하게 회의를 마무리했다. 이연과 태섭이 떠나고 카페엔 나와 은지만 남았다.

"진짜 마상 입은 거야?"

"아니."

"나 때문에 기분 나빴나 해서 걱정했어."

"그런 거 아니래도."

"근데 또 이런 건 언제 만들었냐? 아까 보니까 태섭이도 놀라는 눈치더라.”

“오히려 이연이 보고 놀라는 것 같던데?”

“근데 수연아. 아까 너 너무 뚝딱거렸어.”

“내가? 그 정도로 어색했어?”

“어. 완전. 제발 그러지 마. 태섭이 같은 애들은 눈치가 빨라서 금방 알아챈다고.”

“망했다. 진짜 알아챘으면 어쩌지?”

“남들한테는 MBTI로 연애 상담도 잘해주면서 역시 본인은 힘들구나.”

“그러게. 실전은 이렇게 어렵다.”

“그러니까 내가 좀 도와줄게.”

“안 돼. 제발 그러지 마. 아까 너도 엄청 어색했다고.”

“그럼 그동안 갈고 닦았던 MBTI 기술 제대로 써먹어 보던가.”

태섭이 MBTI를 무시하는 발언을 했을 때도 마음에 상처를 입었지만, 사실 은지가 태섭이에게 내가 상처를 잘 받는 사람이라는 말을 했을 때 더 큰 상처를 받았다. 그 애에게 호감을 얻기 위해서는 나의 답답한 성격을 감춰야 할 것 같았는데 아무래도 실패한 것 같았기 때문이다. 더 정확히 말하면 나는 태섭에게 NF가 아닌 ST로 각인되고 싶었다. 그래야 더 자연스럽게 가까워질 수 있을 거라 생각했다. 좀 더 철저한 계획을 세워 타고난 ST처럼 굴어야 하는 걸까? 문득 그동안 친구들에게 떠들었던 MBTI 관련 이야기들이 새삼 부끄럽게 여겨졌다.

"뭐야? 너 눈이 왜 그래?"

"왜? 뭐가 이상해?"

"눈에 힘 좀 빼. 잘못하다 튀어나오겠다."

"내가 NF라 ST까지는 될 수 없어도 NT 정도는 될 수 있지 않을까?"

"성격 개조라도 해보시겠다?"

"성격 개조라기보단 그냥 좀 이성적으로 살아 보면 어떨까 해서."

"근데 눈에 힘은 왜 그렇게 주는 건데?"

"뭔가 좀 냉철하고 지적으로 보이지 않냐?"

"전혀."

"쉽지 않네. 그래도 메소드 연기에 빠지다 보면 진짜 성격이 변하기도 한다며?"

"그래 뭐 어쨌든 응원할게! 근데 내가 웃음을 못 참을 것 같아서 걱정임."

"나도 마찬가지. 너 또 흥분해서 실수할까 봐."

"쉿! 왔다. 태섭이."

은지가 어색하게 웃으며 내 옆구리를 찔렀다. 속마음을 감추지 못하는 은지는 태섭과 나를 번갈아 보며 웃음을 참고 있었다. 그런데 태섭의 뒤에 이연이 따라 들어왔다. 이연의 손에는 카메라가 들려 있었고, 태섭은 카메라가 신기했는지 이것저것 물어보는 것 같았다.

"어이, 동지들!"

"둘이 같이 오네?"

"이거 봐, 얘들아. 이연이 카메라 꽤 좋은 거 같아."

"아버지가 카메라에 관심이 많으셔서……. 테스트 겸 가지고 와 봤어."

"EOS R10 4K. 브이로그 찍는 사람들이 카메라 입문용으로 많이 사용하는 거네."

"우와, 수연이 너도 카메라에 관심 있었어?"

"방송반이었잖아. 학교 장비가 하도 후져서 이런 거 하나 샀으면 했었지."

"나도 수연이랑 같이 방송반이었는데 왜 모르는 거냐?"

"이걸로 찍어 봤니? 어때?"

"응. 브이로그 찍기에는 최적인 거 같아. 이게 성능도 좋지만, 무게도 가벼워서 휴대하기 편하더라고. LCD 탑재한 것 중에서도 가벼운 편이고."

"그래서 하는 말인데 우리 인터뷰 형식도 약간 브이로그 식으로 찍어 보면 어떨까? 내가 알기로는 이 모델이 렌즈 초점 거리도 좋은 편이고, 전용 센서 덕분에 초점도 정확하고 빠르게 맞출 수 있다고 들었거든."

"그거 좋은 생각이다. 안 그래도 딱딱한 인터뷰 동영상 재미없을 것 같아서 브이로그 형식이면 좋을 거라 생각했거든. 더구나 이 모델은 외장 마이크도 있어서 더 편할 거야."

"너희 둘 무슨 카메라 지식 배틀하냐? 아싸들끼리 언제 이렇게 뜨거워졌어?"

태섭의 말에 나와 이연은 어색하게 웃었다. 사실 나는 카메라에 대해 공부를 좀 했다. 방송반이었지만 은지처럼 카메라에 대해 잘 몰랐는데 이연이 카메라를 다룬다는 말에 태섭이 반응하는 것을 보고 미리 공부를 해둔 것이다. 이연도 그저 눈에 띄는 은지의 친구일 뿐이라고 생각했던 내가 갑자기 카메라 지식을 늘어놓는 것을 보고 반가우면서도 꽤 놀란 눈치였다.

"참, 섭외는 어떻게 됐어?"

"당연히 허락받았지. 우리 삼촌이 인터뷰할 질문지 먼저 보내달라고 하시더라."

"그럴 줄 알고 질문지도 준비해 왔지."

"나도."

마치 경쟁하듯 이연과 나는 동시에 질문지를 꺼내 놓았다. 태섭은 뭐가 그리 신이 났는지 두 사람의 질문지를 모두 가져가더니 번갈아 보며 감탄을 쏟아냈다.

"너희 혹시 질문지 이거 같이 작성했니? 아니 형식이랑 질문 내용이 거의 일치하는데?"

"서로 브이로그 형식으로 생각하고 질문지랑 큐시트를 작성해서 그런가 봐."

"그래도 이 정도면 거의 소울메이트 같다."

"그럼 질문지는 내가 취합할 테니까 이연이가 스토리보드를 만들어 보는 건 어때?"

"좋은 생각."

이연과 나는 죽이 잘 맞는 오랜 파트너처럼 말했지만, 서로 눈을 마주치거나 미소를 보이지는 않았다. 나는 최대한 자신을 NT로 보여야 한다는 압박감이 있었고, 이연은 자신이 하고자 했던 말을 매번 빼앗기는 기분이 들었던 모양이다.

"역시, 내가 팀 구성을 제대로 했다니까. 안 그래? 수연아!"

얼떨결에 고개를 끄덕이긴 했지만, 이미 나는 태섭이 또 내 이름을 불러주었다는 사실에 지나치게 의미를 부여하고 있었다. 은지는 그런 내 마음을 눈치챘는지 정신을 차리라는 의미에서 옆구리를 다시 한번 쿡 찔렀다.

“어? 수연이 네가 여긴 어쩐 일이야?”

“수강하러 왔지.”

“아, 그래? 학원 갈아탄 거야?”

“응. 여기 수학 괜찮다고 들어서.”

“근데 은지는?”

“은지는 왜?”

“같이 옮긴 줄 알고. 아닌가?”

“아니야.”

“암튼 환영해. 근데 여기 생각보다 별론데.”

태섭의 안내를 받으며 설레는 마음으로 강의실로 들어서는데 어디선가 아주 뜨거운 시선이 느껴졌다. 지수가 분노에 가득 찬 시선으로 나를 뚫어지게 쳐다보고 있었기 때문이다. 너무 놀란 나머지 지수에게 아는 척도 하지 못하고 나는 그냥 자리에 앉아 버렸다. 난처한 상황에 놓여 있었지만, 뭐라 변명하기도 어려웠다. 그때 지수가 자리에서 벌떡 일어나더니 내게 다가왔다. 얼른 도망치고 싶은 생각이 들었지만 마치 가위에 눌린 사람처럼 나는 옴짝달싹하지 못했다.

"잠깐 나 좀 볼래?"

지수는 수연의 귓가에 싸늘한 말 한마디를 남기고 강의실 밖으로 나갔다. 태섭은 눈치가 있는 건지 없는 건지 다른 친구들과 이야기를 나누면서 입 모양으로 무슨 일이냐고 물었지만, 나는 아무 일도 아니라는 듯 고개를 절레절레 흔들었다. 결국 나는 휴대폰 진동처럼 떨면서 지수를 따라 강의실 밖으로 나갔다.

"상황을 좀 설명해줄래?"

"무, 무슨 상황?"

"내 연락을 씹었던 이유가 뭐야?"

"그냥 계속 연락하기 부담스러워서."

"혹시 너도 태섭이 좋아하니?"

"갑자기 왜 그런 걸 물어보는 건데?"

"그냥 네가 날 보고 너무 놀라는 것 같아서."

"네가 무섭게 쳐다보니까 그러지."

"찔리는 게 있는 건 아니고? 왜 인사도 안 해?"

"찔리기는 무슨. 그리고 내가 태섭이랑 사귀는 것도 아니고. 학원을 옮긴 것뿐인데 왜 이런 추궁을 당해야 하는 거니?

"사실 너무 궁금한 게 있어서 계속 연락하려고 했었어."

"뭔데?"

"태섭이 MBTI."

싸늘하게 쳐다보던 지수의 눈빛이 갑자기 애절한 눈빛으로 바뀌었다. 처음부터 지수는 나에게 따질 마음보다 태섭이의 MBTI를 물어보고 싶었던 것 같았다. 안도의 한숨인지는 모르겠지만, 나지막이 한숨을 쉬며 말했다.

"엣팁(ESTP)이야!"

"역시! 망했네."

지수의 얼굴이 나라를 잃은 표정으로 바뀌더니 어느새 눈물이 그렁그렁 맺혔다. 그런 지수가 귀여우면서도 왠지 모르게 질투가 나서 위로의 말이 선뜻 나오지가 않았지만, 나는 애써 지수를 달래며 말했다.

"엣팁(ESTP)이 NF들을 선호하는 편은 아니지만, 그렇게 절망할 필요는 없어. 워낙 성격이 좋은 편이라 그런 거

별로 신경도 쓰지 않는 것 같더라. 더구나 엣팁은 그냥 자기가 끌리는 사람을 좋아하는 스타일이라 자기 MBTI가 뭔지도 모를걸?"

"정말 그럴까?"

"분명 그럴 거야. 내가 지켜본 바로는 그래."

"그럼, 수연이 네가 태섭이 소개 좀 시켜줄래?"

"아니, 그런 건 나도 못 해."

"그런데 수연아! 넌 MBTI가 뭐니?"

말문이 막혀 차마 대답해줄 수가 없었다. 지수처럼 나도 NF라는 사실을 알리고 싶지 않은 마음도 있었지만, 태섭이 앞에 처한 내 상황이 지수와 다르지 않음을 확인하고 싶지도 않았다. 문득, 태섭과 가까워지기 위해 학원을 옮기게 되면 지수를 만나게 될 거라는 생각조차 못 했던 내가 바보처럼 느껴졌다. 아니 나는 바보임에 틀림없었다.

🚶 🚶 🚶

"MBTI 질문은 좀 뺐으면 좋겠는데."

태섭이 최종 질문지를 보더니 평소답지 않은 진지한 말투로 말했다. 은지는 놀랐고, 이연은 덤덤했고, 나는 멍한 표정을 짓다가 황급히 말했다.

"요즘은 MBTI 관련 질문들이 디폴트 같은 느낌이 있어서 넣었던 건데."

"물론 그렇긴 하지만 좀 식상하지 않냐? 지난번에도 말했지만, 난 MBTI 좀 지겨워."

"진로 선택할 때 MBTI 성향에 맞는 직업군을 고르는 일도 많던데?"

"그러니까 우리라도 흔한 질문은 하지 말자고."

"그럼 흔하지 않고 참신한 질문을 말해주던가."

"저번에 봤던 이연이 질문지에 있던 내용 좋던데? 자신이 방송 일을 하길 잘했다고 처음 생각했을 때가 언제였냐고 물어봤던 거."

"그래. 그럼 그걸로 해."

담담하고 차분하게 수긍하는 것처럼 보였지만, 내 진심은 무언가 수치스럽고 화가 가득 찬 상태였다. 그런 나를 잘 알고 있던 은지는 또 과도하게 내 편을 들어주기 시작했다.

"아니, 나는 수연이 질문이 더 나은 것 같은데? 이연이 질문은 여기 뒤에 질문과 약간 겹치는 부분도 있고. 요즘 MBTI는 처음 만나는 사람한테 인사처럼 묻는 거잖아."

"수연이가 기분 나쁜가 보네. 은지가 이렇게 눈치 보는 거 보니까."

"야, 너는 무슨 말을 그렇게 하냐?"

"아님 말고. 이건 그냥 내 의견이었을 뿐이야. 어차피 질문지는 수연이가 알아서 하는 거잖아."

태섭이 그렇게 말하자 말문이 더 막혔다. 이럴 때 진짜 NT들은 어떻게 대응하는 걸까? 좀 더 내 의견을 똑바로 전달해서 설득해야 하는 걸까? 생각지도 못한 태섭의 반응에 머리가 잠시 마비된 느낌이었다. 무어라 대응할 방법이 없어서 질문지만 뚫어지게 쳐다보고 있었다. 그러자 서운한 건지 슬픈 건지 모를 감정이 휘몰아치더니 태섭이 왜 나한테만 이런 싫은 소리를 하는 건지 궁금해지기 시작했다. 은지는 혼자 씩씩거리며 이 분위기를 모면할 방안을 찾는 것 같았고, 이연은 무심하게 질문지를 바라보고 있었다. 이런 상황 중심에 내가 놓여 있다는 사실이 믿어지지 않았다. 평소의 나였다면 아마도 태섭의 말에 순순히 따르며 분위기를 망치지 않기 위해 노력했을 것이다. 하지만, 지금은 상황이 달랐다. 본성을 감추고 다른 모습을 보이고 싶은 마음 때문에 더 뒤죽박죽된 느낌이었다. 감정에 휘둘리는 NF 유형인 내가 이성적인 판단을 하는 NT 유형이 된다고 태섭이 나를 좋아할까? 아무리 생각해도 어리석은 생각이었다. 다른 방법은 찾아보려다가 ST인 이연은 어떤 생각을 하고 있는지 궁금해졌다.

"이연이 생각은 어때?"

다짜고짜 이연에게 물었다. 잇티제(ISTJ)인 이연의 대답에 일말의 기대감을 가지고 나는 침착하게 이연의 대답을 기다렸다. 내게 주어진 문제의 공을 이연에게 던진 느낌도 들어서 훨씬 마음이 편안해졌다.

"뭐야? 지금 투표라도 하자는 거야?"

"그게 아니라 이연이 생각은 어떤지 궁금해서."

"나는 아무래도 상관없어. 다만 객관적으로 봤을 때 인터뷰 형식 자체도 파격적으로 갔으니까 질문도 식상하지 않는 질문을 하는 게 좋을 것 같아."

"그러니까 태섭이 의견이랑 같다는 거구나?"

"의견이 같다는 얘기가 아니라, 고려해볼 만하다는 얘기야."

이연은 유독 나를 쳐다보면서 말했다. 나는 태섭이 반대 의견을 냈을 때보다 훨씬 더 심한 충격을 받았다. 똑 부러지는 이연의 답변에 태섭이 환하게 웃고 있었기 때문이다.

엉망진창이 되어 버린 내 마음과는 달리 진로활동 인터뷰는 막힘없이 진행되었다. 각자의 바람대로 우리는 올바른 절차를 걸쳐 예상했던 결과물을 만들어 냈다. 하지만 내 마음속은 휑한 구멍이 뚫린 것처럼 서늘한 바람이 불었다. 나는 언제나 많은 고민과 걱정을 안고 사는 사람이었지만, 좀처럼 남들에게 그 문제를 드러내는 것을 좋아하지 않았다. 어쩌면 그래서 나는 선명하게 자신을 드러내는 태섭의 유쾌함과 당당함이 그렇게 좋아 보였는지도 모르겠다. 하지만 태섭에게 지적 아닌 지적을 받은 후로는 이 상할 만큼 마음이 식어갔다. 나는 누구도 알아채지 못하게 조용히 마음을 접고 있었다. 물론 그런 경험이 처음은 아니었다. 소소하게는 아이돌이나 배우를 좋아했다가 마음에 걸린 행동 하나 또는 말 한마디에 마음이 급격하게 식어버린 경우가 종종 있었다. 여러 가지로 태섭은 내가 좋아할 만한 요소들을 두루 갖추고 있는 사람이었지만, 나는 본능적으로 알았다. 태섭의 마음속에 나는 지나가는 등장인물 2 정도의 사람이라는 것을.

"덕분에 잘 끝난 것 같다. 그런 의미에서 오늘은 내가 쏜다."

"아냐. 우리 모일 때마다 네가 많이 냈잖아. 오늘은 우리 셋이 알아서 할게."

"진짜? 고마워. 역시 우린 환상의 팀이었어."

"이제 수연이가 취합해서 제출만 하면 되지? 동영상도 채널에 올렸으니."

"응. 내가 마무리하고 보내줄 테니 마지막으로 피드백이나 해줘."

"수행평가도 너희랑 할 수 있으면 좋을 텐데."

"나랑 수연이는 빼줘. 너희 둘 사귀는 거 다 아는데."

은지의 말에 태섭이 머쓱한 표정을 지으며 이연을 쳐다 봤다. 이연은 무심한 미소를 지으며 고개를 숙였다. 그랬 다. 아무도 모르게 태섭을 향한 내 마음을 소리 소문 없이 접고 나자 공교롭게도 태섭과 이연의 사이가 급속도로 가 까워졌다. 무엇보다 태섭이 먼저 이연에 대한 호감을 감추 지 않았다. 은지는 나보다 더 실망한 얼굴로 나를 위로했 지만, 이미 마음을 접은 상태라 큰 충격은 없었다. 오히려 ST는 NF를 좋아하지 않는다는 사실만 더 확고하게 확인 한 셈이었다. 다행히 그 사실이 내게는 큰 위안이 되기도 했다.

"근데 이연아! 개인적으로 너한테 궁금한 게 있는데……."

마지막으로 확인하고 싶은 마음에 나는 이연에게 조심 스럽게 물었다. 은지와 태섭은 뜬금없는 내 질문에 놀란 눈치였다. 평소 항상 담담해 보이던 이연의 얼굴에도 당 황한 기색이 보였다. 그도 그럴 것이 평소 진로활동과 관 련되지 않은 일로 이연과 대화를 나눈 적이 없었기 때문이다.

"이런 거 물어봐서 싫어할지도 모르지만, 그냥 궁금해서."

"괜찮아. 물어봐."

"너 잇티제(ISTJ) 맞지?"

"응? 아닌데."

"정말? 그럼 뭐야?"

"인프제(INFJ)."

"그럴 리가 없는데. 나랑 같다고?"

"왜? 너랑 같으면 안 되는 거야?"

"아니. 그게 아니라."

"웬일로 수연이가 틀렸네? 참고로 나는 엔프피(ENFP)야. 아무도 궁금하지 않겠지만."

은지의 순발력으로 충격받은 마음은 잠시 숨길 수 있었지만, 가슴 깊은 곳에서 느껴지는 충격과 서운함을 오래 감추지는 못했다. 태섭이에 대한 마음을 접으면서 나는 엣팁(ESTP)과 인프제(INFJ)가 상극이어서 서로 좋아질 수 없는 관계라고 생각하며 나름의 위로를 하고 있었다. 그래서 태섭이 이연을 좋아한다는 사실을 알고 나서도 담담할 수 있었다. 그런데 이연이 나와 같은 인프제라는 사실을 듣고 나자 세상이 무너지는 느낌이었다. 도대체 이게 뭐라고. 와르르 무너지는 감정을 어떻게 컨트롤해야 할지 갈피를 잡지 못했다. 하지만, 그런 마음을 겉으로 드러낼 수는 없었다. 나를 제외한 세 사람은 계속 대화를 나누고 있었지만, 나는 무슨 말을 하는지 알아들을 수 없었다. 그때 갑자기 이연이의 손이 다가와 내 팔목을 감쌌다. 그제야 나는 귀가 뚫리면서 이연의 목소리가 들렸다.

"수연아! 어디 아파? 얼굴이 너무 창백해."

더 이상 요동치는 감정을 숨길 수가 없다고 생각되자 누군가 내 얼굴에 뜨거운 물을 부은 것처럼 얼굴이 화끈 달아올랐다. 뭐라 말도 못 하고 자리를 박차고 일어나 나는 어딘가로 내달렸다. 어렴풋이 은지의 목소리가 들렸지만, 나는 뒤를 돌아볼 수 없었다.

🚶 🚶 🚶

"미안해. 난 정말 수연이 네가 괜찮은 줄 알았어."

"이제 정말 괜찮아."

"둘이 사귄다고 들었을 땐 몰랐다가 막상 보니까 충격 받은 것 같은데. 아니야?"

"그런 거 아니라니까."

"그러게 내가 도와준다니까."

"진짜 괜찮아."

"그럼 다행이고. 이제 와 얘기지만, 태섭이 좀 애가 능글 맞고 여기저기 흘리고 다니는 스타일이라 너랑 안 어울린 다고 생각했어."

"그래, 그렇게 말해줘서 고마워."

말 그대로 정말 괜찮았다. 생각보다 충격이 컸던 것은 사실이었지만, 그런대로 마음을 빨리 정리할 수 있는 계기 가 된 것도 사실이었다. 내가 인프제(INFJ)여서 태섭의 호 감을 얻지 못했다고 생각했던 내 자신이 한심하고 부끄러 울 뿐이다. 사실 나는 태섭의 마음보다 이연의 MBTI를 몰 랐다는 사실에 더 충격을 받았다. MBTI를 공부하고 분석 하면서 나는 어쩌면 이상한 오만에 빠져 있었는지도 모르 겠다. MBTI를 만들어 낸 이유가 사람의 유형을 가르고 판단하기 위한 것이 아니라, 사람을 이해하고자 만들어 낸 하나의 분류법이라는 것을 간과했던 것이다. 애초에 그런 얕은 지식을 가지고 무언가를 해보려고 했던 마음이 욕심이었다. 선명하지 못한 찝찝함이 내 목덜미를 잡고 있는 기분이었는데, 이제 훨씬 가벼워졌다. 그리고 그 너머에 있는 무언가가 궁금해지기 시작했다.

"근데 이번 일 경험하면서 깨달은 게 하나 있어."

"역시 이수연! 이런 상황에서도 뭔가를 배우는구나."

"나 진지하게 심리학을 공부해보고 싶어졌어."

"심리학?"

"원래 MBTI라는 게 인간이 이렇게 다른 존재라는 것을 알기 위해 만들어진 거라고 하잖아. 이번 일 겪으면서 나는 더 근본적인 인간 심리에 관심이 생긴 것 같아."

"정확히 뭔지는 모르겠지만 부럽다. 뭔가 알고 싶은 게 생긴 거잖아."

"지금은 그냥 책을 찾아보거나 심리학 관련 강의들을 보고 있는 정도야. 근데 알면 알수록 더 궁금하고 재밌어. 완전 미지의 세계에 다가서는 기분도 들고. 뭔가 정답이 없는 불확실한 것들을 연구하는 것도 재밌어. 또 연구하는 학자마다 다른 결론을 내리는 것도 흥미롭고."

"내가 너 MBTI로 친구들 상담해줄 때부터 알아봤다. 어쨌든 축하해. 너 보니까 나도 뭔가 하고 싶은 게 생겼으면 좋겠다. 사실 지금은 입시보다 그런 거 찾는 게 먼저인데……."

"그래서 그런가? 울 아빠가 그러는데 그건 평생 고민하게 되는 거라고 하더라."

"진짜? 그럼 진짜 망했네. 그런 고민을 그 나이까지 해야 한다니."

"너무 조급하게 생각하지 말라는 얘기 같기도 해. 시간은 아직 우리 편이니까."

"정말 그럴까? 점심시간은 5분도 안 남았는데?"

웃음을 팝콘처럼 터뜨리며 은지와 나는 교실을 향해 뛰었다. 그때 저 멀리 수돗가 근처에서 태섭과 이연이 심각한 얼굴로 이야기하고 있는 모습이 보였다. 맑았던 머릿속에 복잡한 생각이 스멀스멀 피어올랐지만, 그래도 괜찮았다. 괜찮다고 생각하니 정말 괜찮아졌다.

"수연이 너는 갑신일주래. 근데 갑신일주 성격이 인프제 (INFJ)랑 얼추 비슷한 부분이 많은 것 같아. 신기하지?"

"어떤 면에서?"

"사람들과 적당한 사이를 유지하고 밝고 명랑한 모습으로 주변을 잘 챙겨주지만 의리 있는 성격과 다르게 맺고 끊는 게 철저하다. 큰 뜻을 품고 있는 경우가 많지만, 뿌리가 없는 나무의 형상을 하고 있으니 자기 주관이 약하고 불안한 성질이 작용해 예민하다."

"얼추 비슷하긴 하네. 근데 에니어그램도 마찬가지일 걸? 동서양을 막론하고 인간이 인간의 성격이나 운명에 대해 알려고 부단히 노력해왔으니까."

"근데 나는 개인적으로 MBTI나 에니어그램보다 명리학 쪽이 맘에 들어."

"그래, 뭔가 취향이 맞아떨어질 때가 있지."

"너도 이 책 한 번 읽어봐. 이건 또 심리학하고 다른 무언가가 있다니까."

"근데 한문이 너무 많아서 보기가 좀 겁난다."

"요즘은 만세력도 앱에서 볼 수 있으니까 이 책만 읽으면 어느 정도 마스터 할 수 있어."

"사실 너는 타로가 더 어울릴 것 같았는데."

"그래? 혹시 내가 조용한 관종 인프피(INFP)라서?"

"하하. 부인은 못 하겠다. 근데 넌 왜 갑자기 이런데 관심이 생긴 건데?"

"그냥 나도 궁금해서. 사람의 마음을 움직이는 건 뭘까 하는 생각이 들었거든."

"태섭이는 왜 소이연을 좋아했을까, 뭐 이런 거?"

"하하. 물론 그것도 큰 이유 중의 하나지만, 뭔가 인간에 대한 원초적인 궁금증이랄까?"

"그래, 무슨 말인지 알 것 같아. 나도 뭐 그 비슷한 감정이 들었거든."

태섭은 이연과 사귀게 되면서 자연스럽게 이연이 다니던 학원으로 옮겼다. 결국 지금 학원에는 지수와 나만 남게 되었다. 옛사람들의 표현에 따르면 우리는 헛물만 켜다가 낙동강 오리알이 되어 동병상련이 되어 버린 사이였다.

덕분에 우리는 서로의 패인을 연구하다가 각자의 극복 방법을 찾게 되었다.

"근데, 너 그거 아니? 갑신일주 여자는 약간 외로운 팔자라고 하더라. 아무래도 그래서 지금 우리가 비슷한 상황인가 봐."

"지금 우리? 너랑 내가 사주가 같아?"

"몰랐어? 너랑 나 생일이 같잖아."

"소름. 근데 팔자가 뭐니? 할머니도 아니고. 차라리 운명이라고 하던가."

"그거나 저거나."

"근데 신기하다. 나 생일 같은 사람 처음 만나 봐."

"그래서 우리가 같은 남자애를 좋아했나?"

나는 어이가 없어서 웃었고, 지수는 내 표정을 보고 웃었다. 문득 사람의 공감 능력은 생존을 위해 발달했을 거라고 말했던 어느 학자의 말이 떠올랐다. 살아남기 위해 나 자신보다 다른 이들의 마음을 알아내고자 노력하며 살아야 하는 현실이 안타깝게 느껴졌지만, 지금까지도 우리의 공감 능력은 여전히 생존의 문제라는 것을 부인할 수 없었다. 어쩌면 그래서 사람들은 수많은 성격 유형을 만들고 그 유형 속에 사람들을 꿰맞추고 싶었던 것은 아닐까?

🚶🚶🚶

"수연아! 늦었어. 얼른 일어나 봐!"

오늘은 분명 일요일이다. 엄마는 왜 또 나를 깨우는 걸까? 짜증이 나려다가 다음 주가 학기 말이라는 생각이 들자 정신이 좀 들었다. 몸을 이리저리 뒤척이다가 오늘 해야 할 일들을 머릿속에 줄 세우며 타임라인을 만들었다. 타임라인이 정리되고 나자 나도 모르게 눈이 번쩍 떠졌다.

"깜짝이야! 언제부터 들어와 있었어?"

"엄마가 물어볼 게 있어서."

"또 뭔데?"

"며칠 전부터 아빠가 나한테 말을 안 걸어. 너 혹시 이유를 아니?"

"정말 그걸 몰라서 묻는 거야?"

"응."

"엄마가 엊그제 아빠가 사다 놓은 그 맥주 다 마셨잖아."

"설마, 그것 가지고 삐진 거라고?"

"아빠 성격 알면서."

"세상에, 다시 사다 놓으면 되지. 왜 저런다니?"

"엄마는 아빠 그러는 거 뻔히 알면서 왜 그랬어?"

"글쎄, 나는 20년을 살아도 잘 모르겠더라."

"아빠도 마찬가지일걸?"

"암튼 고마워. 그리고 5분 더 자도 돼. 일요일이잖아."

엄마가 방에서 나가자마자 나는 풀썩 다시 누웠다. 5분
을 더 누워 있을 것인가, 아니면 바로 일어나 씻을 것인가
한참을 고민했다. 고민할 거리가 아닌데 고민하는 내가 문
득 한심하게 여겨졌다. 도대체 나는 왜 이렇게 쓸데없는
고민이 많은 걸까? 애써 이유를 찾아보다가 어쩔 수 없이
떠올렸다. 내가 인프제(INFJ)라는 사실을.

· 정명섭 ·

# MBTI 마니토

"촌스럽게 마니토가 뭐야?"

벤치에 앉은 남규는 머리를 좌우로 꺾으면서 투덜거렸다. 그러자 운동장을 바라보고 있던 시관이가 웃으며 대꾸했다.

"매사에 그렇게 부정적으로 굴지 마. 혹시 알아? 이쁜 여자애가 마니토가 될지?"

"남자 고등학교에서 무슨 이쁜 여자애야. 거기다 설사 남녀공학이라고 해도 삐걱이가 퍽이나 그러겠다."

남규의 대답에 조용히 스마트폰으로 게임을 하던 다현이가 끼어들었다.

"삐걱이가 MBTI로 맞춰서 마니토를 선정해준다고 했어."

"MIT?"

"MBTI. MIT는 매사추세츠 공과대학교의 약자고, MBTI는 마이어스-브릭스 유형 지표의 줄임말이고."

"자식, 농담이었는데."

김이 샌 남규의 말에 다현이가 스마트폰에서 눈을 떼지 않으면서 대답했다.

"너는 그게 문제야. 농담이 재미없는 거."

"그거 빼곤 완벽하지?"

"아니, 그게 가장 큰 문제야."

다현이의 말에 남규가 입을 삐죽 내밀었다.

"너는 정말 인간미라고는 전혀 없구나. 그러니까 별명이 사이보그지."

"그것도 나쁘지 않지."

분위기가 어색해질 기미를 보이자 전학한 친구와 카톡을 하던 민욱이가 끼어들었다.

"야, 우리 PC방 갈래?"

"PC방? 이번 달부터 가격 올렸잖아."

남규의 대답에 민욱이가 고개를 저었다.

"원래 가던 데 말고, 사거리 영어 학원 있는 건물에 새로 하나 생겼어."

"그래?"

"4명이서 가면 라면 공짜로 준대."

민욱이의 말에 다현이가 끼어들었다.

"라면은 못 참지."

키득거리던 셋은 다현이를 바라봤다. 안경을 손가락으로 쓱 끌어올린 다현이가 말했다.

"학원가야 하는데."

셋이 동시에 '에이'라고 하자 다현이가 고개를 들었다.

"30분만 하고 갈게."

셋은 다현이가 혹시 마음이 바뀔까 봐 서둘러 끌고 교문을 나섰다.


횡단보도에서 신호를 기다리는 동인 남규는 궁금증을 참지 못하고 민욱이에게 물었다.

"근데 삐걱이는 갑자기 왜 마니토를 한대?"

"삐걱이 마음은 삐걱이도 모를걸."

민욱이의 말에 남규는 웃음을 터트렸다.

"하긴, 괴짜긴 괴짜잖아. 그래도 이유가 있을 거 아니야."

"감시 목적일 거야."

"감시?"

남규의 반문에 민욱이가 자신 있게 말했다.

"지난달에 옆 반에서 사고 났잖아."

"울증이 말이야?"

"그래. 걔가 하도 우울해서 별명이 우울증의 줄임말인
울증이라고 불렀잖아."

"맞아. 진짜 별걸 가지고 다 우울해했잖아. 그러다가……."

말을 잇지 못한 남규는 입을 다물었다. 한 달 정도 지났
지만, 그때의 일은 어제처럼 생생했기 때문이다. 1교시 전
에 시끌벅적하게 떠들고 있는데 갑자기 괴성 같은 게 들렸
다. 무슨 일인가 싶어서 두리번거리는데 갑자기 옆 반 쪽
에서 안 된다는 말이 들렸다. 창문 밖으로 고개를 내밀자
울증이가 창가에 서서 붙잡으려는 아이들의 손길을 뿌리
치는 게 보였다. 속으로 '저 미친놈이 무슨 짓을 하는 거

야'라고 생각하는데 눈이 마주쳤다. 놀란 남규가 얼어붙어 있는데 울증이는 그런 남규를 보면서 아래로 뛰어내렸다. 다행히 교실이 2층에 있어서 발목이 부러진 정도에 그쳤지만, 학생들과 선생님들에게 엄청난 충격을 주었다. 교장 선생님이 강당에 학생들을 모아 놓고 울면서 사과를 했고, 심리 상담이 부쩍 늘었다. 그동안 심리 상담 같은 건 남규를 비롯한 아이들에게는 그저 남의 일처럼 느껴졌다. 울증이가 유독 그랬을 뿐 아이들은 대부분 시험과 공부의 반복인 학교생활에 바쁘기만 했다. 그런데 그 일이 일어난 이후에 고등학교 2학년인 남규와 친구들은 우울해했다. 내년에 지옥 같은 3학년이 되는 데다가 병원에 입원했다가 퇴원한 울증이가 결국 돌아오지 못하고 전학한 것도 한몫했다. 입을 열지 못하는 남규에게 민욱이가 말을 걸었다.

"말을 했으면 끝을 내야지. 꿀 먹은 벙어리도 아니고."

민욱이의 얘기를 들은 시관이가 끼어들었다.

"장애인 차별적인 발언 하지 마."

시관이의 말에 민욱이가 고개를 절레절레 저었다.

"하여튼, 그냥 넘어가는 법이 없어."

"그냥 넘어가면 나중에 더 크게 터지기 마련이야."

"알겠다고. 있다가 소환사의 협곡에서 보자. 아주 탈탈 털어버릴 거니까."

"난 오버워치 할 건데?"

둘이 티격태격하는 와중에도 여전히 횡단보도의 불은 빨간색이었다. 그걸 바라보는 남규에게 다현이가 말했다.

"네 탓 아니야."

"뭐라고?"

"네 잘못이 아니라고, 울증이가 뛰어내린 거 말이야."

"마지막에 눈이 마주친 게 나였어."

"어차피 결심했으니까, 네가 말렸어도 뛰어내렸을 거야. 울증이 MBTI가 INTP였거든, 논리적으로 사색을 하는 사색가. 조용하고 과묵한 성격에 호불호가 확 갈리는 편이라서 뭔가에 빠지면 굉장히 잘하지. 1학년 때 기억나?"

기억을 더듬은 남규가 대답했다.

"걔 1학년 때? 로켓 동아리에 들어갔었잖아."

"맞아. 엄청 열심히 했지. 내가 같은 중학교 다녀서 아는데 3년 내내 친구도 별로 없고 말은 더 없었어. 그러다가 뭔가에 꽂히니까 사람이 확 달라졌었어."

"그런데 왜 뛰어내렸는데?"

"작년 겨울 방학 때 사건 기억 안 나?"

마침 신호가 바뀌면서 민욱이와 다현이가 후다닥 달려
갔다. 그걸 보면서 걷던 남규는 문득 작년 겨울의 그 사건
이 떠올랐다.

"아! 그 사건?"

"과학실에서 로켓 캔디를 만들다 불이 났잖아."

"맞아. 선생님이 위험하다고 했는데 아이들끼리 만들다
가 사고가 났잖아."

"그 일로 로켓 동아리는 해산되었고, 울증이는 다시 옛
날로 돌아갔어. 그러니까 네 잘못이 아니라는 뜻이지. 걔
MBTI가 그런 거라고."

"INTP?"

"인간관계에 크게 관심을 두지 않고, 비관적인 성격이라
친구도 별로 없고 말이야. 그래서 문제가 생기면 잘 해결
을 못해. 공감 능력도 떨어지는 편이고 말이야. 물론 긍정
적인 측면도 있긴 하지."

"예를 들면?"

"사색가 스타일이라고 했잖아. 논리적으로 문제를 해결하는 능력은 탁월하지. 지적 호기심이 풍부한 편이라서 말이야. 직관적이고 통찰력이 뛰어나기도 하고 말이야. 다만, 문제에 대한 해결책을 찾아낸다고 해도 그걸 실현에 옮기는 데는 적극적이지 않은 편이야."

횡단보도를 건넌 남규는 앞서간 친구들을 바라보면서 다현이에게 물었다.

"그거 혈액형으로 보는 성격처럼 엉터리 아니야?"

"그런 의견이 있긴 해. 만들어진 게 1944년인 데다 창시자들이 전문가라고 보기도 애매하거든."

"누군데?"

"캐서린 쿡 브릭스는 작가고, 그녀의 딸 이사벨 브릭스 마이어스는 대학교에서 정치학을 전공했어."

"어? 전문가라고 부르기 애매하네."

남규의 물음에 다현이가 고개를 저었다.

"그렇긴 한데 MBTI 자체는 충분한 데이터를 가지고 만든 거야. 물론 아주 우연히 시작되었지만 말이야."

"어떻게?"

"이사벨이 남자친구인 클라렌스 마이어스를 집으로 초대하면서 시작된 거야. 캐서린은 딸 이사벨의 남자친구가 자기랑 성격이 완전히 다른 걸 알게 되면서부터지. 캐서린은 클라렌스를 보면서 인간을 성격에 따라서 분류했어. 캐서린이 작가라서 여러 인물의 자서전을 쓰거나 봤는데 거기서도 사람들의 성격이 제각각으로 나왔거든."

"그래서 MBTI를 만든 거야?"

"그런 셈이지. 캐서린의 연구를 이사벨이 물려받았고, 당시 칼 구스타프 융의 연구 결과를 토대로 성격 유형을 체계화한 거지. 그게 1944년이었어."

"그냥 만들어진 건 아니네."

"맞아. 이후에 대학교 의과생들을 상대로 테스트를 했고, 성격에 따라 진로가 결정된 게 확인되었어. 그 이후에는 전 세계적으로 많이 사용되었고 말이야."

"그래서 삐걱이도 MBTI 얘기를 한 거구나. 그런데 그거랑 마니토랑 무슨 상관인데?"

"마니토라는 게 비밀 친구잖아."

"그렇지 내 친구는 누군지 아는데 나를 친구로 삼은 사람은 누군지 모르는 거잖아."

"이번에 울증이처럼 누가 또 사고를 치면 안 되니까 마니토로 그런 걸 막으려는 거 같아."

"서로 감시하라고?"

남규의 날 선 목소리에 다현이가 손가락을 까닥거렸다.

"그렇게 비관적으로 보지 마."

"비관적으로 보는 게 아니라 비관적이잖아."

흥분한 남규에게 다현이가 말했다.

"그럼 다른 방법 있어?"

"뭐라고?"

"창문에서 아예 뛰어내리지 못하게 막으면 어떨까? 당장 너부터 닭장 같다고 난리 칠걸."

"그렇긴 하지."

"거기다 복도까지 막아버릴 수는 없잖아. 그러면 진짜 닭장이 되어버리는 거고 말이야. 거기다 강당이나 체육관 창문은?"

다현이의 물음에 남규는 얼굴을 찡그렸다.

"내가 언제 창문을 다 가리라고 했는데?"

"그런 거나 다름없잖아. 이 사건으로 교장 선생님이 징계받았어. 솔직히 울증이가 뛰어내린 게 선생님들 탓이야?"

점점 공격적으로 나오는 다현에게 남규가 손사래를 쳤다.

"됐어. 그만하자."

남규의 말에 다현이가 늘 그렇듯 작게 투덜거리고는 걸음을 재촉했다. 그리고 먼저 가던 두 친구와 합류했다. 홀로 남은 남규는 터덜터덜 걸어갔다.


다음 날, 조회 시간이 되자 분위기가 몹시 애매했다. 들리는 소문도 그렇고, 광혁이 때문이기도 했다. 1학년 때는 전교에서 다섯 손가락 안에 들어갈 정도로 공부를 잘했는데 2학년에 올라오면서 성적이 계속 떨어져서 예민해져 있었다. 삐걱이가 들어오면서 진정이 되었지만 광혁이는 계속 짜증을 냈다. 마침내 들어온 삐걱이는 교탁에 서자마자 헛기침을 크게 두 번 했다. 뭔가 중요하거나 하고 싶지 않은 얘기를 할 때 하는 습관이었다. 너무 말라서 움직일 때마다 뼈가 삐걱거릴 것 같다고 해서 삐걱이라는 별명이

붙은 담임 선생님은 아직도 본인의 별명이 스켈레톤이나 해골인 줄 알고 있다. 교대를 졸업하고 얼마 전에 임용된 선생님이라 이것저것 열심히 하는 편이긴 하지만 의욕이 앞선다는 평가를 받고 있었다. 그래서 그런지 이번 울증이의 투신에 가장 큰 충격을 받았고, 다양한 해결책을 제시했다는 소문을 들었다. 그중 가장 의욕적으로 밀어붙이는 것이 바로 MBTI 마니토였다. 남규는 초등학교 때 했던 마니토를 고등학생이 되어서 다시 해야 한다는 사실이 더 없이 짜증 났지만 어쩔 수 없었다. 다시 헛기침을 한 삐걱이가 입을 열었다.

"오늘은 예고했던 대로 마니토를 정하는 날이다."

남규를 비롯해서 몇 명이 우우, 소리를 냈다. 그러자 삐걱이가 크게 한숨을 쉬었다.

"올해 겨울 방학이 시작될 때까지 마니토 관계는 유지한다. 만약 의무를 성실하게 이행하지 못하거나 중간에 들키게 되면 벌점을 줄 거다."

"어떻게 하면 됩니까? 선생님."

시관이의 물음에 삐걱이가 안경을 끌어 올리면서 대답

했다.

"지정된 마니토를 잘 지켜봤다가 힘들고 어려운 일이 있으면 응원해주고, 기쁜 일이 있으면 같이 기뻐하면 된다. 상대방 생일 챙겨주는 것도 괜찮아. 겨울 방학이 될 때 마음의 편지를 받을 거야."

"마음의 편지요?"

"그래, 내 마니토가 얼마나 성실하게 도와주고 신경 썼는지 쓰라고 할 거야. 만약 부정적인 평가가 나오면 역시 점수를 깎을 거야."

"하지만 겨울 방학이 끝나면 3학년으로 올라가잖아요."

"3학년이면 우리 학교 학생이 아니냐?"

삐걱이답지 않은 음침하고 어두운 대꾸에 눈치 빠른 시관이는 냉큼 입을 다물었다. 입고 있던 셔츠의 소매를 걷은 삐걱이가 남규를 비롯한 학생들을 바라봤다.

"물론 불만이 많은 건 알고 있다. 그리고 옆 반에서 일어난 사건 때문이 아니냐는 질문이 많았는데 사실대로 말하면 반반이다."

담임인 삐걱이의 얘기를 들은 남규가 고개를 숙인 채

투덜거렸다.

"치킨도 아니고, 무슨 반반이야."

옆에 앉은 민욱이가 조용히 하라는 듯 팔꿈치로 어깨를 쳤다. 하지만 남규는 개의치 않고 다시 한번 투덜거렸다.

"정말 싫다고."

그런 남규의 투덜거림이 들리지 않았는지 삐걱이의 얘기는 이어졌다.

"나는 부푼 꿈을 안고 이곳에 섰다. 내가 배우고 느낀 것들을 현장에 적용시키기 위해서 말이야. 그런데 세상이 바뀌어도 달라지지 않는 것들이 있고, 어떤 것들은 더욱더 나빠진다는 것을 정말로 깨달았다. 그래서 임시방편이라고 해도 뭔가 조치를 해야겠다고 생각했다. 하기로 결정된 거니까 불만이 있더라도 참아 주기 바란다. 부탁이다."

삐걱이가 부탁이라는 말까지 하자 남규를 비롯해서 극도로 싫어한 아이들을 제외한 나머지가 일제히 알겠다고 대답했다. 작게 한숨을 쉰 삐걱이가 얘기했다.

"그럼 이제부터 규칙을 설명해줄게. 내가 한 명씩 불러서 누구의 마니토가 될지 알려줄 거야. 이야기를 듣는 순

간부터 절대 발설해서는 안 된다. 그리고 마니토를 잘 관
찰하고, 힘들어 할 거 같으면 응원과 격려의 메시지를 전
해주면 된다."

"어떤 방식으로요?"

민욱이의 물음에 삐걱이가 대답했다.

"몰래 메시지를 넘겨주면 돼. 사물함에 넣어 두거나 가
방에 몰래 넣어 줘."

"안 들키게요?"

"그래. 마니토라는 게 비밀 친구라는 뜻인데 들키면 의
미가 없어지잖아."

이번에는 다현이가 질문했다.

"만약 안 들키려고 했는데 우연치 않게 들키면 어떻게
되나요?"

"고의성이 없는 경우에는 책임을 묻지 않겠다. 하지만
일단 관계가 드러나면 마니토 활동은 중단된다."

그 얘기를 들은 남규가 투덜거렸다.

"그냥 확 들켜버릴까? 일부러?"

남규의 얘기를 들은 민욱이가 코웃음을 쳤다.

"네가 들켜도 마니토가 없어지는 건 아니지."

"왜?"

"네 마니토가 누군지 모를 거니까, 네가 들키는 건 상대방 마니토잖아."

예상치 못한 민욱이의 대답에 남규가 머리를 감싸 쥐었다.

"정말 그러네."

"그러니까 마니토한테 편지는 계속 받을 거야. 포기해."

민욱이와 얘기를 주고받는 사이 삐걱이가 한 명씩 앞으로 불렀다. 그리고 교탁에 놓인 태블릿 화면을 보여줬다. 화면을 본 아이들은 의미심장한 표정으로 고개를 끄덕거리거나 희미하게 웃었다. 그리고 간혹 얼굴을 찌푸리거나 혀를 차는 녀석도 보였다. 그걸 보면 마니토가 자기 마음에 드는지 안 드는지 알 수 있었다. 하지만 그것도 페이크일 수 있고, 누가 누구와 친한지, 속마음을 터놓고 지내는지 잘 모르는 경우도 많았다. 혹시나 하고 바라보는데, 민욱이의 이름이 불렸다.

"정민욱!"

"네!"

벌떡 일어난 민욱이가 씩씩하게 걸어 나갔다. 그리고 삐걱이 옆에 서서 태블릿을 바라봤다. 뚫어져라 화면을 바라보던 민욱이는 의미심장한 미소를 지으며 고개를 들었다.

"설마 쟤가 내 마니토?"

물어보고 싶은 마음이 굴뚝 같았지만 그런 남규의 속마음을 알아차리기라도 했는지 삐걱이가 말했다.

"자기 마니토를 찾으려고 누군가에게 물어보거나 캐고 다니는 것도 안 돼. 만약 내 눈에 띄면 벌점이다."

"치!"

투덜거리는 남규를 본 민욱이가 자리에 앉으며 웃었다.

"야! 너야?"

그러자 민욱이가 손을 드는 시늉을 했다. 놀란 남규가 팔로 손을 잡아 내렸다.

"너 죽을래?"

"너부터 죽을걸?"

둘이 티격태격하자 삐걱이가 바라봤다.

"정민욱! 고남규! 무슨 일이야?"

삐걱이의 물음에 둘은 약속이나 한 듯 자세를 바로 했다. 좀 더 다급한 남규가 서둘러 입을 열었다.

"아무것도 아닙니다. 선생님."

그러면서 조마조마한 눈으로 민욱이를 바라봤다. 다행히 민욱이는 딴청을 피웠다. 안경을 고쳐 쓴 삐걱이가 말했다.

"남규 앞으로 나와라."

이름이 불린 남규는 일어나서 삐걱이가 서 있는 교탁 쪽으로 갔다. 삐걱이가 남규의 어깨에 손을 올리고 태블릿을 가리켰다.

"네 마니토다. 이름 잘 기억해."

마니토로 지정된 친구는 예상 밖인 송태인이었다. 멸치라는 별명으로 불리는 태인이는 조용하고 과묵한 몽상가였다. 일본 애니메이션에 푹 빠져 사는 친구라서 그런 것에 관심이 없는 남규와는 접점이 없었다. 하는 얘기도 재미가 없어서 그런 친구는 딱 질색인 남규는 태인이와 가깝게 지내지 않았다. 태인이 역시 자기 얘기를 잘 들어주지 않는 남규를 모른 척했다.

'하필이면 송태인이야.'

차마 바꿔 달라거나 싫다고 하지 못한 남규에게 삐걱이가 말했다.

"잘 지켜보고 도와줘라. 잘하면 칭찬해주고, 들키면 안 되니까 쳐다보거나 이름을 중얼거리지 마."

"알겠습니다."

"너를 믿는다. 고남규."

평소에 하지 않던 말이라 남규는 삐걱이를 힐끔 바라봤다. 들뜬 것 같기도 하고 큰 충격을 받아서 어쩔 줄 몰라 하는 것 같기도 했다. 삐걱이는 자신을 뚫어지게 바라보는 남규에게 말했다.

"자, 이제 들어가라."

"네."

"마니토 쳐다보지 말고."

남규는 천천히 걸어가면서 태인이를 힐끔 바라봤다. 다행히 태인이는 창밖을 보고 있어서 눈이 마주치지 않았다. 자리에 앉은 남규는 크게 한숨을 쉬었다. 민욱이는 신이 난 표정으로 볼펜을 빙글빙글 돌리는 중이었다.

"뭐 해?"

"마니토한테 뭐라고 얘기해줄지 생각 중이야."

"섣부른 충고는 악담보다 못 하다며?"

"그러니까 신경 써서 해줘야지. 너도 성실하게 해라."

"내가 왜?"

"마니토잖아. 좋든 싫든 하기로 했으면 열심히 해야지."

"너나 열심히 해."

콧방귀를 뀐 남규는 머리를 감싸 쥐었다. 친하지도 않은 태인에게 이런저런 충고를 하고 지켜봐야 한다는 게 마음에 들지 않았기 때문이다. 그때 반에서 가장 호기심이 많은 시관이가 손을 들었다.

"선생님. 마니토는 어떤 기준으로 짝지어 주신 건가요?"

태블릿과 다른 짐을 챙겨 나가려던 삐걱이가 대답했다.

"MBTI를 기준으로 했다."

"같은 성격 유형을 맞추신 건가요? 아니면……."

삐걱이가 시관이의 말을 딱 잘라버렸다.

"비밀이다. 너무 많이 알려고 하지 말고 마니토한테 충실하도록 해."

그러고는 더 이상의 질문을 허용하지 않겠다는 표정으로 나가버렸다. 그것으로 상관 고등학교 2학년 2반의 MBTI 마니토가 시작되었다.

처음 며칠 동안은 조심스러운 추측과 소문들이 오갔다. 하지만 발각되면 벌점이라는 삐걱이의 엄포와 함께 묘한 기류가 흘렀다. 정체를 들키면 자존심에 스크래치가 난다는 분위기가 생겨난 것이다. 그래서 큰 싸움이 몇 번 날 뻔한 다음부터는 더 이상 자신의 마니토가 누군지 알아보려고 하지 않았다. 그리고 갈등이 끝난 이후에는 서로의 마니토를 챙겨주기 시작했다. 누군가 일찍 나와서 칠판에 자기 마니토에게 수업 시간에 코 좀 그만 파고, 코딱지 좀 날리지 말라는 글을 남긴 게 시작이었다. 대개는 사물함에 쪽지를 넣어 두거나 책상 안에 선물을 남기는 식이었다. 자신이 관찰한 마니토의 문제점을 적어주고, 잘한 것은 칭찬과 함께 작은 선물을 남기는 분위기가 조성된 것이다. 관찰력이 남다른 다현이는 그걸 MBTI에 맞춰 분석했다. 점심을 먹고 후문 쪽 화단에 모인 남규와 친구들에게 다현이는 그동안 관찰했던 것을 얘기해줬다.

"다들 즐기는 거지?"

"즐긴다고?"

점심 식사 후식으로 나온 요플레 뚜껑을 혀로 핥던 시관이의 물음에 다현이가 고개를 끄덕거렸다.

"살면서 다들 남에게 진지하게 충고하거나 칭찬한 적이 없잖아. 안 그래?"

다현이의 물음에 남규는 시관이와 민욱이를 바라봤다. 그리고 셋은 동시에 고개를 끄덕거렸다. 그런 친구들을 본 다현이가 말을 이어갔다.

"그런데 반강제이긴 하지만 어쨌든 그걸 해보니까 나쁘지 않았거든."

"강제로 시켜서 어쩔 수 없는 거 아니야?"

듣고 있던 민욱이의 물음에 다현이가 고개를 저었다.

"어제 형식이 책상 안에 꽃 들어 있는 거 봤지? 형식이가 엄청 좋아했잖아."

"그렇긴 했지."

"마니토는 형식이가 좋아하는 게 뭔지 관찰했을 거야.

그리고 꽃을 좋아한다는 걸 알아차리고 선물로 준 거잖아. 그리고 선물을 받고 기뻐하는 걸 두 눈으로 지켜봤을 거야. 얼마나 뿌듯했겠어. 선물해준 마니토가 누군지 모르지만 분명히 ISFJ일 거야. 현명한 조력자이자 용감한 수호자."

"꽃을 선물해준 걸로 MBTI를 안다고?"

남규가 다소 믿기지 않는다는 듯 묻자, 다현이가 고개를 끄덕거렸다.

"형식이가 꽃을 선물 받은 다음 고백했잖아. 자기는 꽃이 좋아서 나중에 꽃집 할 거라고."

"나도 들었어."

"예전 같았으면 어땠을까? 남규 너부터 흉보고 놀렸을 거야."

"내가 뭘?"

발끈한 남규가 아니라고 대답했지만, 속으로는 그랬을 것이라고 생각했다. 다현이는 시관이를 쳐다봤다.

"시관이는 다른 반에 쪼르르 달려가서 소문부터 퍼트렸겠지."

"아마 그랬을 거야."

남규는 자신과는 다르게 순순히 인정한 시관이를 째려
봤다. 때마침 점심시간이 끝나는 종소리가 들렸다. 다들
일어나서 교실로 향하는데 다현이가 남규를 불렀다.

"야! 고남규."

"왜?"

"너는 마니토 잘하고 있어?"

별로 한 게 없던 남규는 가슴이 뜨끔했다.

"뭐, 대충."

"대충하지 마. 네 마니토가 엄청 기대할지도 모르잖아."

"그럴 놈 아니야."

"생각해보니까 말이야. 삐걱이가 MBTI로 마니토를 조
합한 이유를 알겠어."

"뭔데?"

"서로 부족한 것들을 지켜볼 수 있도록 한 거야."

"같은 성격 유형으로 붙여준 게 아니라?"

"그러면 서로 충고해줄 게 없잖아. 같은 성격이라 약점
과 단점도 똑같을 텐데 말이야."

"그렇긴 하지."

남규가 수긍하자 다현이가 본관으로 뛰어 들어가는 아이들을 보면서 말했다.

"네 마니토한테 충실해. 서로 도와줘야 하는 사이잖아."

"내 마니토도 나한테 쪽지나 선물을 안 해줬는데?"

"능동적으로 좀 움직여. 네 MBTI가 INFP 같던데?"

"진짜? 그건 무슨 성격 유형인데?"

"중재자 타입. 사람들 사이를 잘 이어주고, 갈등이 벌어지면 무마하는 데 앞장서지. 눈에 띄지는 않지만 없어서는 안 될 존재."

"내가 중재자라고? 틀린 거 같은데?"

"우리가 가끔 티격태격하면 네가 나서서 말려줬잖아. 막말과 욕설을 좀 하는 편이긴 하지만 듣고 있다 보면 분위기 험악할 때는 안 그러거든."

"그거야 싸울 때 그런 소리를 하면 더 기분 나빠지잖아."

당연하다는 듯 말한 남규에게 다현이가 웃으며 말했다.

"그게 바로 타인을 배려하는 중재자 타입이지. 너는 너도 모르는 장점들이 많아."

"웬일이냐? 네가 칭찬을 다 하고?"

"사실은 말이야."

목소리를 낮춘 다현이가 말했다.

"마니토가 그러더라고, 다 좋은데 칭찬에 인색한 것 같으니까 많이 하라고 말이야."

"그래서 날 칭찬한 거야?"

"계기가 되긴 했지만 관찰은 예전부터 하고 있었단 말이야. 그러니까 말할 수 있었지."

마니토 덕분에 격려 같은 칭찬을 들었다는 걸 알게 되자 남규는 피식 웃고 말았다.

"칭찬 고맙다."

"가자, 늦겠다. 이번 시간 삐걱이가 들어와."

둘은 나란히 교실이 있는 본관으로 걸어갔다.


남규는 수업이 끝나고 사물함을 열다가 마니토가 건넨 쪽지를 발견했다. 드디어 받았다는 기쁨에 웃음을 간신히 참은 남규는 서둘러 쪽지를 펼쳤다. 마니토가 누구인지 알 법한 단서를 찾아봤지만 용의주도하게 필적이 남지 않도록 컴퓨터로 썼다.

"자식, 제법인데."

짧고 간결했지만 정곡을 찌른 내용이었다. 욕을 좀 적당히 하라는 것과 코를 풀고 나서 휴지를 좀 잘 버리라는 것이었다. 친구들이 그걸 가지고 흉보고 있다는 말에 남규는 쪽지를 접으면서 중얼거렸다.

"앞으로 신경을 좀 써야겠네."

마니토에게 쪽지를 받은 남규는 태인이가 신경 쓰였다. 개학한 지 몇 달이 되었는데도 아직 제대로 친구가 없었기 때문이다. 쪽지를 쥔 채 운동장으로 나간 남규는 교문 근처 벤치에 앉아 고민했다.

"뭐라고 충고를 해줄까?"

그러다 한 가지 해줄 얘기가 떠올랐다.

"그 말버릇."

태인이는 말을 많이 하는 편이 아니었다. 하지만 종종 친구들 마음을 상하게 하는 얘기를 했는데, 그중 하나가 바로 내가 알 바 아니라는 얘기였다. 태인이에게 그런 얘기를 들은 친구들이 삐지거나 짜증을 내는 경우가 많았고, 다현이도 그 문제로 친구들에게 울분을 토한 적이 있었다.

태인이가 친구가 없는 이유 중 하나라는 생각에 남규는 주먹을 살짝 쥐었다.

"그래, 그걸 고쳐보라고 해야겠어."

손 편지를 쓰면 필적이 드러날 것 같다는 생각이 든 남규는 자기가 마니토에게 받은 편지처럼 컴퓨터로 쓰기로 했다.

'PC방에 가서 써야겠다.'

결심하고 일어나는데 멀리서 조심하라는 외침이 들렸다. 고개를 들자 축구공이 날아오는 게 보였다.

"이크!"

반사신경만큼은 전교 1등인 남규는 냉큼 고개를 숙였다. 머리를 아슬아슬하게 스쳐 지나간 축구공은 벤치 뒤로 날아갔다.

"뭐야?"

머리를 가볍게 쓸어 넘긴 남규는 공이 날아온 쪽을 바라봤다. 1학년 때 같은 반이었던 정환이가 헐레벌떡 뛰어왔다.

"남크크, 미안."

"야! 언제 적 별명을 불러."

"요즘은 뭐라고 불리는데?"

"남ㅋㅋ."

담장까지 굴러간 공을 주우러 간 정환이가 피식 웃었다.

"요즘도 괴상한 걸로 웃기네."

차라고 손을 든 친구에게 공을 찬 정환이가 남규에게 물었다.

"요즘 너희 반에서 이상한 거 한다며?"

"이상한 거라니?"

"머니토인가 마니토인가 하는 거 말이야."

"마니토라고 멍청아."

습관대로 욕을 했다가 아차 싶었다. 마니토에게 받은 편지에서 욕을 좀 줄이라는 충고가 있었던 게 떠올랐기 때문이었다. 남규는 정환에게 바로 사과했다.

"미안."

"어쭈, 웬일이야? 남크크가 사과를 다 하고?"

"욕을 좀 줄이기로 했어."

"마니토인가 머니토가 효과가 있나 보네. 1학년 때 전교에서 욕을 제일 잘하던 놈이 바뀐 걸 보니까 말이야. 감시 당하는 게 그렇게 무서워?"

정환이의 비아냥에도 남규는 욕하지 않았다.

"감시가 아니라 충고야."

"충고라고?"

"그래. 잘 관찰해야 충고해줄 수 있으니까. 그건 감시랑 은 다른 거라고."

"어, 어쨌든."

"겪어보지 않으면 말을 하지 마라. 친구."

남규의 얘기를 들은 정환이가 혀를 찼다.

"살다 살다 남크크 얘기가 설득력 있는 건 처음이네."

"너도 제대로 된 친구를 두면 무슨 뜻인지 알게 될 거야."

으쓱해진 남규는 정환이에게 잘 있으라는 말을 남기고 교문으로 걸어갔다. 그런 남규에게 정환이가 외쳤다.

"아이 씨, 마니토 없는 놈 서러워서 살겠냐?"

남규는 돌아서서 손가락 욕을 남기려다가 참고, 웃음으 로 대신했다.

바쁘게 교문을 나선 남규는 PC방으로 가면서 마니토인 태인이에게 어떻게 편지를 쓸지 고민에 빠졌다. 최대한 기분을 상하지 않게 하려면 어떻게 써야 할지 고민하다가 하마터면 신호가 바뀌기도 전에 횡단보도를 건널 뻔했다. 옆에 있던 아저씨가 어깨를 잡아준 덕분에 사고가 나지 않았다. 남규는 고맙다는 인사를 하고 파란불이 켜질 때까지 기다렸다가 건너갔다. 단골 PC방에 도착한 남규는 자리에 앉자마자 아래한글로 준비한 글을 쓰기 시작했다. 서비스로 컵라면을 가져온 사장님이 슬쩍 말했다.

"게임 하는 거 아니었어?"

혹시 몰라서 몸으로 모니터를 가린 남규가 대답했다.

"숙제를 좀 해야 해서요."

"웬일이냐?"

씩 웃은 사장님이 컵라면을 키보드 옆에 놓고 카운터로 갔다. 반쯤 뚜껑이 열린 컵라면 때문에 모니터에 김이 서리자 남규는 옆으로 치우고 키보드에 손을 올렸다. 한참을 고민하다가 키보드를 눌러 편지를 썼다. 어디서 봤던 기억을 떠올리며 먼저 날씨 얘기를 하고, 마니토로서 충고하는데, 조심스럽지만 할 얘기를 해야겠다고 시작했다.

- 너는 여러모로 장점이 많아. 남한테 화도 잘 안 내고 말이야. 다만, 남들에게 너를 보여줘야 하는데, 그걸 소홀히 하는 거 같아. 일본 애니메이션을 좋아하는 건 정말 독특한 취미이긴 한데 너무 거기에 빠져있지 말고 친구들과 얘기를 좀 나눴으면 좋겠어.

잠깐 쉬면서 지금까지 쓴 글을 본 남규는 컵라면을 후루룩 먹으면서 다음 글을 고민했다. 다행히 컵라면을 먹는 동안 다음에 쓸 얘기가 떠올랐다. 인터넷으로 관련 자료들을 좀 찾아본 다음 차분하게 쓰기 시작했다.

- 네 MBTI는 INFP 같아. 개인주의적이고 이상주의자이지. 자기만의 꿈을 가지고 있고, 그걸 잘 지켜낼 힘이 있거든. 그리고 하고 싶은 일에 더 없이 열정을 쏟고 있는 모습도 멋져 보여. 그러니까 조금 더 자신을 드러냈으면 좋겠어. 내가 응원할게.

간신히 편지를 완성한 남규는 컵라면 국물을 마시면서 빼먹었거나 혹은 상대방을 기분 나쁘게 할 만한 부분이 있는지 살펴봤다.

'이 정도면 충분하겠네.'

속으로 만족해하면서 출력 버튼을 눌렀다. 지금 다니는 단골 PC방이 컴퓨터 성능도 별로고, 인테리어가 낡았음에도 남규가 계속 오는 건 사장님의 컵라면 서비스와 눈치 보지 않고 프린터를 마음대로 쓸 수 있기 때문이다. 편지가 출력되는 동안 남규는 남은 컵라면 국물을 마셨다.

'어떻게 전달할까?'

이제 들키지 않고 편지를 태인이에게 전달해야만 한다. 어떻게 몰래 보낼지 고민하는데 문이 열리는 소리가 들렸다. 무심코 고개를 돌렸던 남규는 저도 모르게 중얼거렸다.

"대박!"

문을 열고 들어온 건 남규의 마니토인 태인이였다. 친구들 몇 명과 함께 들어온 태인이를 보고 남규는 황급히 고개를 숙였다. 그러다가 문득 깨달았다.

'내가 마니토인 걸 모를 거 아니야. 그런데 여기서 숙이고 있으면 더 의심을 살 거 같은데?'

도둑이 제 발 저린다고 생각하면서 고개를 들었다. 그러자 복도 중간에서 두리번거리던 태인이와 눈이 마주쳤다.

남규는 세상에서 가장 어색한 미소를 지었고, 태인이 역시 억지로 웃는 모습이 역력했다.

"어쩐 일이야?"

태인이의 물음에 남규는 주변을 돌아보면서 과장된 손짓을 했다.

"여기가 내 단골 PC방이야."

"아, 그렇구나. 나는 지나가다가 들렸어."

"왜?"

"어, 다음 달에 코엑스에서 열리는 건담 관련 행사 사전 신청하려고. 오늘이 중요한 행사 마감인 걸 지금 알았어."

"그랬구나. 잘 신청해."

태인이는 알겠다고 대답하고 복도를 걸어갔다. 남규는 그런 태인이의 뒷모습을 보면서 문득 깨달았다.

'그러고 보니 태인이랑 제대로 대화해본 건 처음이네.'

생각에 잠겨 있던 남규는 태인이가 자리에 앉는 걸 보고 깜짝 놀랐다. 하필이면 태인이에게 보낼 편지가 출력되는 프린터 옆자리였기 때문이다. 진짜 바로 옆이라 고개만 돌리면 프린트한 편지를 볼 수 있었다.

'젠장.'

물론 남규의 이름이 적혀있지는 않지만 대충 읽어봐도 누구한테 하는 이야기인지는 어렵지 않게 알 수 있었다. 망했다고 속으로 중얼거린 남규는 태인이에게 다가갔다. 처음에는 조용히 다가가서 종이만 가져올 생각이었는데 발걸음 소리를 들은 태인이가 고개를 돌렸다.

"왜?"

태인이의 물음에 남규는 얼른 둘러댔다.

"그 건담 행사 말이야. 갑자기 궁금해져서."

"진짜? 건담에 관심 없잖아."

남규는 의심스러워하는 태인이에게 대답하면서 프린터 쪽을 막아섰다. 마침 출력을 누른 종이가 지직거리며 나오는 중이었다. 그 소리 때문에 관심을 가질까 봐 일부러 큰 목소리로 말을 걸었다.

"정확하게는 비우주세기를 싫어하는 거지."

유튜브에서 본 얘기를 하자 태인이의 눈이 커졌다.

"건담 좋아하는 줄 몰랐는데?"

"티를 안 낸 거지. 일코 중이었어."

"일코? 일반인 코스프레!"

"맞아. 하도 귀찮게 해서 말이야."

남규는 계속 말을 걸면서 손으로 종이를 집으려고 했다. 하지만 말을 하면서 뒤로 잡으려고 했기 때문에 쉽지 않았다. 다행히 자리에 앉은 태인이는 별다른 의심 없이 계속 말을 했다.

"그래, 건담은 우주 세계지. 어떤 캐릭터 좋아해?"

"붉은 혜성 샤아 아즈나블."

역시 유튜브에서 본 이름을 슬쩍 언급했다. 그러자 태인이는 자신과 같은 취미를 가졌다는 사실에 몹시 반가웠는지 이런저런 얘기를 했다. 하지만 남규는 어떻게든 편지를 숨겨야 한다는 것에 신경을 집중했다. 그러다가 드디어 종이를 집는 데 성공했다. 안도의 한숨을 쉬면서 자리로 돌아가려는데 태인이가 기쁜 표정으로 말했다.

"그럼 내가 네 것까지 같이 신청할 테니까 같이 갈래?"

물론 전혀 관심이 없었기 때문에 거절하고 싶었지만 기대에 찬 태인이의 표정을 보면서 차마 고개를 젓지 못했다.

"그, 그래."

"고마워. 맨날 혼자 가는 거 심심했는데 말이야."

그러고는 신나게 얘기를 했다. 그걸 듣던 남규는 태인이가 과묵하거나 말을 잘 못하는 아이가 아니라는 걸 깨달았다.

'단지 이야기를 할 기회가 없었을 뿐이었네.'

만약 마니토로서 관심을 기울이지 않았다면 몰랐을 대목이었다. 거기에 MBTI로 본 성격 유형을 가지고 대화를 나눴기 때문이라는 생각도 들었다. 그런 남규의 속마음은 까맣게 모른 채 태인이는 신나게 얘기했다.


다음 날, 학교에 간 남규는 계속 틈을 노렸다. 주로 복도에 있는 사물함을 이용했는데 마니토에게 편지를 건네는 주요 장소라서 그런지 보는 눈들이 많았다. 기둥 뒤에 숨어서 지켜보거나 아니면 딴청을 피우면서 계속 힐끔거리는 식이었다. 결국 편지를 넣는 걸 포기한 남규는 점심시간이 끝나고 화장실에 갔다가 돌아오면서 주변을 살폈다. 다행히 아이들이 없는 기적적인 상황이 연출된 덕분에 남규는 태인이의 사물함 문틈으로 쪽지를 밀어 넣었다. 드디어 마니토로서 할 일을 했다는 사실에 뿌듯해하면서 교실로 돌아가려는데 뒤에서 천둥 같은 목소리가 들렸다.

"야! 고남규! 뭐 해?"

돌아보자, 다현이가 보였다. 혹시나 들킨 게 아닌가 하는 생각에 가슴이 철렁했다. 하지만 다현이는 다른 걸 물었다.

"시관이 못 봤어?"

"시관이? 등교할 때는 못 봤어. 왜?"

"뭐, 줄 게 있어서."

"어, 네가 걔 마니토야?"

혹시나 하고 물어본 남규에게 다현이가 피식 웃었다.

"그러면 너한테 물어보겠어?"

다현이의 얘기를 들은 남규는 바로 수긍했다.

"그러네."

"어쭈, 고남규가 수긍을 다 하고 웬일이냐?"

칭찬 아닌 칭찬에 남규는 어깨를 으쓱거렸다.

"내 마니토한테 얘기를 들었거든."

"사람 됐네. 우리 남규."

"그럼, 지금까지 사람이 아니었어?"

"약간 짐승에 가까웠지."

"짐승한테 한번 물려볼래?"

남규가 장난스럽게 다현이의 팔뚝을 무는 시늉을 했다. 다현이가 좀비가 나타났다며 호들갑을 떨었고, 지나가던 아이들은 둘이 연애한다고 키득거렸다. 교실로 돌아가자 반장이 교탁에 서서 말했다.

"오늘은 문화 행사의 날이라 오후 수업이 단축으로 진행될 거야. 작가와의 만남부터 다양한 행사가 있으니까 참석해."

반장의 얘기를 들은 남규가 옆자리에 앉은 민욱이에게 물었다.

"너 어디 갈 거야?"

"작가와의 만남? 도서실이라 잠자기 좋을 거야."

"야, 도서관 사서 선생님이 잠자면 가만 안 놔둔다고 했잖아."

"안 걸리게 잘 수 있는 자리가 있지."

키득거리며 얘기하던 민욱이를 장난스럽게 툭 친 남규는 태인이를 힐끔 바라봤다. 마침, 자신이 보낸 편지를 읽고 있는 태인이를 보게 되었다. 화를 낼까 걱정했지만 태인이의 얼굴에는 미소가 피어올랐다. 혹시나 들킬까 봐 바로 민욱이에게 말을 걸었다.

"오늘 오는 작가 누구라고 그랬지?"

민욱이가 대답하려는 순간, 다현이가 다가와서 쓱 끼어들었다.

"큰일 났어."

"목소리는 큰일 난 거 같지 않은데?"

남규의 장난스러운 대꾸에 다현이가 어깨를 툭 쳤다.

"크게 떠들 일이 아니라서 그렇지. 시관이한테 톡이 왔어."

"어딨데?"

"학교 뒷산."

"언덕길도 질색인 놈이 거긴 왜?"

"광혁이 때문인가 봐."

"누구? 김광혁?"

고개를 끄덕거린 다현이가 휴대폰을 들여다보면서 말

했다.

"광혁이랑 지금 뒷산 팔각정에 있나 봐."

"왜 둘이 연애한대?"

남규의 물음에 다현이가 휴대폰을 바지에 넣으면서 얼굴을 찡그렸다.

"그게 아니라 광혁이가 지금 극단적인 선택을 하려나 봐."

"뭐라고?"

놀란 민욱이가 소리쳤다가 손으로 입을 막았다. 다행히 교실에서는 아이들끼리 떠드느라 신경을 쓰지 않았다. 다현이가 나오라는 손짓을 했다. 눈치를 보던 둘은 후다닥 밖으로 따라 나갔다.


복도로 나온 다현이는 주변에 아무도 없는 걸 확인하고 바지 주머니에 넣은 휴대폰을 꺼내서 보여줬다. 거기에는 자기 마니토인 광혁이가 자살하려는 것 같다는 내용이 오타와 함께 적혀 있었다. 그걸 본 남규가 말했다.

"삐걱이한테 얘기해야 하는 거 아니야?"

"시관이가 안 된다고 신신당부했어. 광혁이가 소심해서

나중에 문제가 될 수 있다고 했거든."

"지금 그걸 따질 때가 아니잖아."

답답해하는 남규에게 다현이가 말했다.

"같이 와서 도와달라고 했어. 일단 가자."

다현이의 말에 남규와 민욱이는 동시에 고개를 끄덕거렸다.


닫혀있는 후문을 넘어선 셋은 뒷산으로 향하는 골목길을 뛰었다. 다들 마음이 급해서인지 산으로 올라가는 나무계단에서도 속도를 줄이지 않았다. 결국 체력이 약한 남규부터 헉헉거리기 시작했지만 뛰는 걸 멈추지는 않았다. 산중턱에는 얼마 전에 조성된 체력단련장과 팔각정이 있는 공원이 있었다. 만들어진 지 얼마 안 되었고, 반대편으로 약수터가 있는 큰 공원이 있어서 한적한 편이었다. 그래서 주로 가까이 있는 상관 고등학교 학생들의 아지트로 이용되었다. 몇 번 가 본 적이 있던 남규는 계단 위로 보이는 팔각정의 꼭대기를 보고 소리쳤다.

"다 왔어."

계단을 다 오른 민욱이가 숨을 몰아쉬면서 말했다.

"어디 있어?"

뒤따라 올라온 다현이가 숨을 헉헉거리면서 대답했다.

"팔각정 뒤쪽."

남규와 민욱이는 헐떠거리는 다현이를 끌고 팔각정 뒤쪽으로 갔다. 한쪽은 절벽으로 되어 있었고, 거기에 광혁이가 서 있었다. 마치 동상처럼 서 있는 광혁이 앞에는 시관이가 주춤거리며 서 있었다. 갑자기 나타난 셋을 본 시관이가 그 자리에 털썩 주저앉았다.

"왜 이제 와?"

남규는 초스피드로 달려왔다고 목소리를 높이려다가 분위기를 보고 입을 다물었다. 광혁이는 절벽에 있는 난간에 기댄 상태인데 별로 높지 않아서 몸을 뒤로 기울이기만 해도 떨어질 것 같았다. 그래서 시관이도 가까이 갈 엄두를 내지 못했다. 세 친구의 등장으로 분위기가 잠시 누그러지자, 시관이가 다시 설득에 나섰다.

"광혁아. 제발 다시 생각해봐. 지금 이래서 좋을 게 없어."

"계속 산다고 좋을 것도 없잖아. 나는 지금 너무 고통스러워."

남규는 둘의 얘기를 들으면서 숨을 골랐다. 그러면서 다현이에게 슬쩍 물었다.

"광혁이는 왜 저러는 거야?"

"아마 성적 때문인 거 같아."

"성적이 왜?"

"전교 5등 하던 애가 반에서 5등 하니까 그랬겠지."

"와! 반에서 5등 하는 것도 대단한 거 아니야?"

"쟤네 형이 서울대고, 누나도 작년에 카이스트 들어갔잖아. 그런데 혼자서 처지면 얼마나 스트레스받겠어."

다현이의 설명을 듣고 나서야 광혁이가 왜 죽겠다고 하는지 알 거 같았다. 그런 광혁이를 바라본 남규가 조심스럽게 말했다.

"광혁아! 힘들지?"

남규의 얘기를 들은 광혁이가 고개를 돌렸다.

"네가 뭘 안다고 그래?"

"나야 잘 모르지. 공부를 잘해 본 적이 없어서 말이야."

자폭하는 듯한 얘기에 다현이와 민욱이가 고개를 돌리

고 웃음을 참았다. 남규도 따라서 웃었다.

"그런데 공부 못한다고 다 죽어야 하는 건 아니잖아."

"넌 우리 집을 몰라. 우리 집은 공부 못하면 사람 취급을 안 한다고."

"그렇다고 네가 사람이 아닌 건 아니잖아. 공부를 잘할 때도 있고, 못할 때도 있는 거 아니야? 나는 잘 모르겠지만."

남규가 마지막에는 기어들어 가는 목소리로 말하자 시관이가 하소연했다.

"그래, 광혁아. 이건 문제를 해결할 수 있는 방법이 아니야."

"아니긴, 너도 나한테 죽고 싶다고 한 적 있잖아."

"그건 게임에 계속 PK를 당해서 그런 거였어. 더 재미있는 게임이 많아."

"하지만 공부는 안 그래. 재미도 없고 끝나지도 않지. 엄마는 진짜 나를 벌레 보듯 하고 말이야."

허탈한 표정으로 얘기한 광혁이 몸을 뒤로 기울였다. 난간이 휘청거리는 게 남규의 눈에 보였다. 다급해진 남규가 앞으로 나섰다.

"야! 성적은 얼마든지 올라갈 수 있잖아. 그런데 여기서 극단적인 결정을 내리면 넌 앞으로 아무것도 할 수가 없어."

"공부하기 싫어."

"인생이 공부만 있는 게 아니잖아. 할 게 얼마나 많은데 고작 공부 때문에 네 인생을 포기할 거야? 너 마니토가 누구야?"

"뭐라고?"

"네가 그러면 다들 마니토가 누군데 널 챙겨주지 않았는지 얘기할 거라고, 걔는 무슨 죄야?"

"내 마니토는 최선을 다했어. 내가 힘들고 어려울 때마다 기운 내라고 편지도 보내고 선물도 보냈단 말이야."

"그렇게 열심히 마니토가 도와줬는데 이러면 어떡해? 걔가 얼마나 크게 상심하고 좌절하겠어. 마니토를 지켜주지 못해서 말이야."

"걔는 최선을 다했어. 그러니까 원망하지 않아."

"너는 모르겠지만 걔는 앞으로 계속 좌절하면서 지낼 거라고, 자기 마니토를 지켜주지 못해서 말이야."

남규의 얘기를 들은 광혁이가 두 손으로 머리를 감쌌다.

"왜 다들 나한테 이러는 건데?"

"우리는 너한테 뭐라고 하는 게 아니야. 그냥 힘내서 같이 가자는 뜻이야."

흥분을 가라앉힌 남규가 광혁이에게 다가갔다. 그리고 힘주어 말했다.

"같이 교실로 돌아가자. 마니토가 얼마나 걱정하겠어."

크게 한숨을 쉰 광혁이가 고개를 들었다.

"그래, 마니토까지 실망시킬 수는 없지."

광혁이의 얘기를 들은 남규가 다가가서 손을 내밀었다.

"가자."

광혁이가 웃으며 손을 내미는 순간 난간이 부서지는 소리가 들렸다. 낡은 데다 광혁이가 기대면서 무게를 못 이긴 것 같았다.

"으악!"

놀란 광혁이가 무너지는 난간과 함께 뒤로 넘어갔다. 남규는 본능적으로 몸을 날려서 광혁이를 붙잡았다. 하지만 함께 딸려 가고 말았다.

"아, 안 돼!"

함께 절벽 아래로 떨어지려는 남규의 목덜미와 발을 시관이와 민욱이가 붙잡았다. 거꾸로 절벽에 매달린 남규는 광혁이에게 소리쳤다.

"야! 괜찮아?"

"어. 너는?"

"나도 괜찮아. 꽉 잡아. 떨어지면 큰일 나겠다."

"그러게."

의외로 침착한 광혁이의 대꾸에 남규는 안도의 한숨을 쉬었다. 시관이와 민욱이는 물론, 다현이까지 가세하면서 광혁이와 남규를 끌어올렸다. 남규는 광혁이부터 챙겼다.

"어디 다친 데 없어?"

그러자 광혁이가 피식 웃으며 대답했다.

"마음이 졸라 아파."

"괜찮아. 그건 치료가 가능하니까."

"진짜?"

광혁이의 물음에 남규가 무릎에 묻은 흙을 털면서 대답했다.

"물론이지. 어서 가자. 쌤들이 눈치채면 골치 아파져. 특히 삐걱이."

남규가 팔다리를 흔들거리며 삐걱삐걱이라고 말하자, 다현이가 맞장구를 쳤다.

"맞아. 울다가 어딘가 부러질지도 몰라."

다들 서로의 옷에 묻은 흙을 털어주면서 학교로 향했다. 무릎이 아파서 천천히 내려가던 남규에게 다현이가 말했다.

"역시 내가 보는 눈이 맞았어."

"맞긴 뭘 맞아."

"네가 중재자 유형의 MBTI의 소유자라는 거 말이야. 아까 너 아니었으면 큰일 날 뻔했잖아."

다현이의 칭찬에 남규는 어깨를 토닥거렸다.

"어쨌든 친구를 지켰잖아. 그럼 된 거지."

· 정재희 ·

# 당신의 MBTI를
# 바꿔드립니다

학교 식당 안은 언제나처럼 시끄러웠다. 다들 진작 밥을 먹어 치우고 신나게 떠들고 있었다. 이러다 또 반도 못 먹으면 어쩌지. 내겐 점심시간이 너무 짧았다. 부지런히 숟가락을 움직이는데 옆에서 웃음소리가 터졌다.

"새미랑 은채! 최악의 MBTI 궁합 당첨!"

"진짜? 쟤네들이? 단짝 궁합 아니고?"

"새미야, 이거 맞는 것 같아?"

어차피 은채는 내가 뭐라고 대답하건 상관하지 않을 거다. 자기가 원하는 방향으로 대화를 끌고 가는 건 은채의 새로운 특기니까. 다른 애들 앞에서 내 취향을 묻지 않고 대신 결정하고, 나를 설명했다. 새미는 그런 거 안 좋아해, 새미는 겁이 많아서 등등. 다수가 이미 결론 내린 일에 대해 그게 아니라고 말하려면 용기가 필요하다. 말도 많이 해야 한다. 나는 그런 것에 약하다. 생각만 해도 숨이 차다.

"아, 어쩐지……."

"뭐? 너 그거 무슨 뜻이야?"

내가 왜 그런 말을 했는지 잘 모르겠다. 그냥 말이 저절로 튀어나왔다. MBTI에 별로 관심도 없으면서 왜 그랬을까? 어제까지는 은채에게 딱히 불만이 있는 것도 아니었다. 있었나? 잘 모르겠다. 어제 전부 말했어야 했나. 친구 사이에 사소한 일로 삐지는 건 좀 치사한 것 같은데, 이런 일이 계속 쌓였던 건가. 우린 언제부터 이렇게 되었을까? 은채는 계속 화를 냈다. 나는 결국 마지막 한 숟가락을 먹지 못했다.


미술 학원에서 은채를 처음 봤을 때는 아이돌 연습생인 줄 알았다. 그렇게 예쁘고 화려한 애는 처음 봤다. 은채의 그림은 은채를 닮아 있었다. 또박또박 힘줘서 쓴, 마치 글

씨 같은 스케치에 색감은 밝고 선명했다. 은채 역시 내 그림이 꼭 나 같다고 했다. 심드렁한 척하는 투박한 선들을 보고 있으면 저 안에 뭔가 더 있다는 느낌이라고. 그래서, 좋다는 뜻이야? 응. 꾸안꾸랄까. 그 말이 기뻤다. 은채가 내 그림을 오래 쳐다본 날일수록 어깨에도 힘이 들어갔다.

은채와 나는 중학교 내내 같은 미술 학원에 다녔다. 집에 가는 방향이 같아 학원이 끝나면 나란히 버스를 기다렸다. 주말에는 함께 전시회 구경도 가고 밤늦도록 메시지도 주고받았다. 우리는 나란히 예술고등학교에 진학한 덕분에 여전히 매일 본다.

하지만, 우린 이제 서로에게 비밀을 털어놓지 않는다.

고등학교에 오니 다들 세련되고 끼가 넘쳤다. 주말이면 친한 애들끼리 쇼핑도 하고 쉬는 시간에는 서로의 화장품을 꺼내놓고 품평도 했다. 예고인 탓인지 선생님들도 너그러웠다. 무용이나 연기를 하는 애들이 많아 중학교 때보다 자유롭고 활발한 분위기였다. 그에 비해 나는 촌스러웠다.

정기 상담 때 그 얘길 했더니 상담 선생님은 내가 '매우 바람직한 학생'이라고 하셨다. 그게 무슨 뜻인지 곰곰이 생각해 봤다. 어른들이 말씀하시는 바람직한 행동은 마치 엄마가 사주시는 옷 같다. 반듯한 재단, 꼼꼼하고 일정한 바느질, 튼튼한 옷감. 그에 비해 전철역 지하상가나 카페 골목에서 파는 옷들은 몇 번만 세탁해도 금방 후줄근해졌다. 문법이 틀린 영어가 쓰여 있거나 유치한 캐릭터를 전면에 내세운 옷들. 하지만 유행하는 옷들이었다. 엄마는 그런 옷을 사주지 않았다. 체크무늬 셔츠에 적당히 편안한 주름 잡힌 청바지. 교문을 통과하면서 끝까지 채웠던 단추 하나를 슬그머니 풀었지만, 그런 거로 다른 애들을 따라잡을 수 있을 리가 없었다.

은채는 비슷한 아이들과 무리를 지어 놀기 시작했다. 책을 읽기는커녕 셀카의 보정 기능을 비교, 평가하는 애들이었다. 은채의 프로필 사진 속 얼굴이 점점 낯설어졌다. 아예 다른 사람이 되고 싶은 건지도 몰랐다. 이제 같은 반이 아니라서 다행이었다. 우리가 멀어졌다는 사실에 적절한 핑계를 댈 수 있으니까. 미술부에서는 함께 어울리지만,

은채는 변했다. 둘이 있을 때는 다정하고 다른 애들 앞에서는 딴 사람처럼 굴었다. 차마 왜 그러냐고 물어볼 수 없었다.

첫 시험이 끝나고 전시를 보러 가기로 한 날이었다. 정시에 맞춰 도착했는데 다들 이미 와 있었다. 애들은 핸드폰으로 뭔가 보며 깔깔거리느라 의자에 앉을 때까지도 내가 온 걸 몰랐다. 은채도 전혀 기다리고 있던 것 같지 않았지만 마치 내가 늦었다는 듯 흘겨보았다. 그러고는 그 긴 손가락으로 흘러내린 앞머리 몇 가닥을 귀에 꽂으며 말했다.

"저기 본인 오네. 아이고, 쯧쯧쯧. 너 또 길 몰라서 헤맸지?"

은채는 마치 할머니처럼 말했다. 나는 금방 상황을 파악했다. 테이블 위에 놓인 핸드폰 속에서 미술부원 소개 인터뷰가 흘러나오고 있었다. 영상 속의 나는 말을 심하게 더듬으며 잘 알아들을 수 없는 목소리로 띄엄띄엄 중얼거리다 실없이 웃었다. 웃지라도 말걸. 신입생은 다 하는 인터뷰라기에 어쩔 수 없이 응한 것이 실수였다.

"야. 너무 그러지 마. 쟤 원래 반 박자 느리잖아."

"한 박자 아니고? 저거 봐. 말도 꼭 일부러 저러는 것처럼 틀리잖아."

언제쯤, 마치 내가 이 자리에 없는 사람처럼 말하는 것에 익숙해질까. 은채는 이제 못 들은 척 메뉴판을 쳐다보고 있었다. 우리가 수십 번도 더 온 이곳의 메뉴는 떡볶이, 김밥, 순대, 튀김이 전부다.

내가 중요하지 않구나.

너에게 중요한 사람이 아니구나, 나는…….

"둘이 진짜 대조적이지 않냐? 은채는 늘 재빠르고 똑 부러지고. 새미는 저렇게 어리바리한데. 그런데 어떻게 둘이 그림이나 디자인은 비슷할까?"

은채가 고개를 들었다. 미소를 머금고 있었다.

"우리 둘 다 듣기 좋으라고 하는 말이지?

은채는 명랑하게 말하며 내 등에 손을 얹었다. 그러고는 마치 강아지나 고양이를 쓰다듬는 손길로 한두 번 쓸어내리고 손을 거두었다. 어디가 불쾌한지, 왜 이런 기분이 드는지도 명확히 알지 못한 채 무슨 말이라도 해야겠다고 생각했다.

"난⋯⋯."

아이들은 이미 내 말을 듣고 있지 않았다.

은채는 분명 알고 있을 거였다. 꼭 내 속에 들어와 보기라도 한 것처럼 날 잘 알고 있으니까. 우린 정말 친했었으니까. 내 비밀도 알고 약점도 알았다. 이제 은채가 아는 것은 그뿐이 아니었다. 내 옆에 있으면 자신이 돋보일 수 있다는 것도 알았다. 같은 동네 출신이라는 사실은 화제가 될 일이 아니었다. 하지만 그게 은채와 나라면, 사교적이고 야무진 은채와 내성적이고 느려터진 새미라면⋯⋯. 누군가의 배경이 되는 일은 익숙했지만 그게 하필 은채라서 가슴 아팠다. 다른 사람은 몰라도 은채는 왜 우리 두 사람의 그림이 비슷해졌는지 모를 리 없었다.

은채와 눈을 마주치고 싶지 않아서 먼 곳을 보는 척 고개를 돌렸다. 마침 가로등이 깜박거리는 듯싶더니 환하게 켜졌다. 어둠이 스미기 시작한 하늘이 흐려졌다. 코끝이 매운 것 같다. 티 내지 마. 티 내면 안 돼.

언제부터인가 우리는 버스 안에서만 대화했다. 같은 학교에 오려고 그렇게 애썼는데 오히려 더 멀어지다니. 실망스러웠다. 한 학기가 지나기도 전에 그림에도 점점 흥미를 잃어갔다. 버려진 스케치 같은 나날이 흘러갔다. 캔버스 앞에 앉는 대신 게임이나 인터넷 서핑을 하며 시간을 죽이기 시작했다.

그 화가를 발견한 날도 그랬다. 심드렁하게 외국 사이트를 돌아다니다 클릭한 링크는 주목받는 신인들의 소개 코너였다. 앙귀스트 아힌. 그의 작품을 보자마자 머릿속에서 번개가 쳤다. 인터넷에 접속해서 다른 작품들을 찾아봤다. 섬세한 선으로 구조와 형태가 드러나는 그림들. 화면 밖을 응시하는 그림 속 인물들은 모두 화가 자신, 화가의 다른 자아들이라고 했다. 그날 밤, 잠이 오지 않았다. 컴퓨터의 배경 화면을 아힌의 그림으로 바꿨다. 강렬한 색채 때문에 아이콘들이 잘 보이지 않았지만 그대로 두었다. 그 뒤로는 수시로 아힌의 웹사이트를 기웃거렸다. 게임을 그만두고 다시 캔버스 앞에 앉았다. 나만의 아이돌을 찾은 기분이었다.

어제는 전시용 작품의 제출 마감 날이었다. 한동안 미술실에 안 보였던 은채가 커다란 포트폴리오 케이스를 들고 왔다. 맞은편 입구 쪽에 자리를 잡고 앉더니 이젤 위에 그림을 올렸다. 금세 은채를 둘러싼 아이들이 탄성을 올렸다. 다들 신선한 발상이라며 웅성거리는 소리가 들려왔다. 뭔데 저러지. 나도 화장실에 가는 척하며 흘깃 은채의 그림을 쳐다보았다. 그리고 그 자리에 못 박힌 듯 얼어버렸다. 말도 안 돼. 은채의 그림은 나에겐 전혀 새롭지 않았다. 새로울 리가! 그건 아힌이었다. 내 핸드폰 바탕화면이기도 했다. 표정 관리가 되지 않았다. 나는 조용히 짐을 챙겨 미술실을 나왔다. 집까지 오는 길이 유난히 멀게 느껴졌다. 은채가 어떻게…… 길을 걷다 몇 번이나 걸음을 멈추고 심호흡해야 했다. 막 현관문을 열었을 때 알람이 울렸다.

– 미세 왜 먼저 감?

은채였다. 뭐라고 답장해야 하나 고민스러웠다.

– 그렇게 부르지 말라니까.

이게 아닌데.

– 농담이잖아. ㅋ

– 은채야.

– ㅇㅇ

– 내 폰 보고 아힌을 알게 된 거야? 그래서 작품들 찾아봤던 거야?

읽음 표시가 사라졌지만, 답이 없었다.

나는 몇 번이나 쓰고 지우기를 반복했다. 발뺌하지 마. 아힌을 어떻게 알았어? 어디를 가나 보이는 화가도 아니고 이제 막 알려지기 시작한 사람인데. 더구나 넌 다른 작가의 작품을 거의 보지 않는다고 했잖아. 그냥 알았을 리 없잖아. 왜 자꾸 내 취향을 가져가. 왜 그러는데 매번.

나는 긴 문장들을 다 지웠다. 그래. 아힌은 어차피 유명해질 거야.

– 은채야. 나 화내는 거 아냐. 그냥 물어보는 거야.

– 누가 뭐래? 좀 어이없어서 그래. 화가들은 너만 안다고 생각하는 거야?

은채는 또 내가 할 말을 먼저 했다.

나보다 능숙하게, 나보다 빨리.

은채의 칼과 방패는 반 박자 빠른 거울처럼 움직였다.

핸드폰이 울렸다. 대답하지 않으니 전화를 걸어온 것이다. 어떤 얘기를 어디서부터 하면 좋을지 알 수 없었다. 너는 항상 네 이야기만 한다고. 네가 나를 자꾸 통제하는 것 같다고. 그리고…….

나는 결국 전화를 받지 않았다. 할 수 있는 말이 없었다.

그리고 오늘 점심시간에 MBTI 궁합 얘기를 들은 것이다.

"한새미. 자기만 잘난 줄 알지."

은채는 나를 노려보고 가버렸다. 탁자 위에서 식판이 차갑게 식어가고 있었다.

∎∎∎

다음 날은 토요일이었지만 미술 실기 대회가 열렸다.

제발 좋은 자리를 맡게 해달라고 빌면서 운동장에 도착해 주위를 둘러봤다. 석고상은 정면 얼굴보다 살짝 측면의 얼굴을 그리는 것이 더 유리하다고 여기는 탓이었다. 자리를 정하는 제비뽑기를 조작해서 한바탕 학교가 발칵 뒤집히는 사건이 있었다던데. 그냥 헛소문일지도 모르지만 그런 이야기가 생길 만도 했다.

오늘도 내 뽑기 운은 영 별로다. 내 번호표가 붙어있는 의자는 형편없이 음영이 지는 자리에 놓여 있었다. 은채는 자기가 원하는 곳에 앉았겠지. 갠 항상 잘 풀리니까.

무거운 화구통을 내려놓고 재료들을 꺼냈다.

"하여간 운이라곤 없지, 나는……."

나도 모르게 중얼거렸다. 그때 갑자기 풀숲에서 누군가 불쑥 튀어나왔다. 너무 놀라 하마터면 주저앉을 뻔했다. 손에 든 걸 놓치지 않은 것만도 다행이었다.

"아, 깜짝이야."

카메라를 든 준후 선배가 민망하다는 듯 씩 웃었다.

"그래도 사진은 잘 나왔어."

선배가 뷰파인더를 들여다보며 작은 목소리로 말했다.

"나중에 졸업 앨범에 들어갈 거야."

"저, 표정 안 좋았을 텐데……."

나는 간신히 대답했다. 아예 아무 말도 하지 말 걸 그랬나. 불평하는 것으로 느꼈으면 어쩌지. 그런 건 아닌데. 나는 선배만 보면 일시 정지다. 일부러 사진반 앞으로 빙 돌아 지나다녔지만, 막상 선배를 마주치면 인사도 제대로 못하고 얼어버리곤 했다. 지나치게 크거나 작은 목소리가 나올 것 같았고, 숨을 들이마시거나 내쉬는 법을 잊은 사람처럼 그냥 멈춰버렸다. 그런 나를 선배는 한 번도 놀리거나 무시하지 않았다.

"뒷모습이잖아. 나는 사람 뒷모습이 더 좋더라."

뒷모습이 좋은 게 뭐지? 모든 여자한테 그런가? 물어보고 싶었지만, 시험은 시험이니까. 스케치를 시작해야 하는데 자꾸 어깨가 처지고 한숨이 나왔다.

"자리 때문에 그래? 어차피 입시 때는 저런 거 안 그려."

"그래도 이왕이면 잘 그리고 싶은데."

선배는 어깨를 으쓱하더니 다른 자리들을 둘러보았다.

"다른 자리가 정말 더 좋은 건가? 그렇다고 누가 말하니까 그런 줄 믿는 거 아냐?"

"아무튼, 이 자리에선 불리해요."

"하던 대로만 하면 재미없잖아."

나도 그렇긴 한데……. 학원에서 북어를 그리면 다들 비슷한 색조의 그림을 완성하곤 했다. 옅은 색으로 순수한 노란색을 깔고 자주색을 칠했다. 북어의 몸통 결을 따라서 황색, 갈색, 적색, 이런 식으로 깔다가 보색을 쓰기 시작하는 거다. 파란색, 풀색, 자홍색……. 터치를 하는 대로 입체감이 부여되었다. 하이라이트 부분은 반드시 처음부터 계산해두어야 한다. 라면 봉지보다는 낫다. 신라면이 주제로 나오면 경계선은 매끄럽고 터치는 훨씬 섬세해야 플라스틱 비닐봉지의 느낌이 났다. 검은색과 흰색을 교대로 사용해서 봉지 끄트머리의 질감을 표현했다. 전부 섬세하게 표현해 버리면 톱니처럼 되어버리기 때문에 일부는 뭉개고 한 부분만 잡아서 디테일을 표현해야 한다. 그렇게 해서 초점이 한 군데 잘 맞은 사진처럼 되면 성공이다. 다들 주제에 맞는 그리기 과정을 레시피처럼 달달 외웠다. 그렇게 해서 나온 그림들은 개성이라곤 없이 유치하게만 느껴졌다. 나는 다르게 그리고 싶었다. 보통 수채화는 환한 색부터 쓰라고 하지만 어두운 부분을 먼저 그렸다. 다른 계열의 색들을 겹쳐가면서 밝은 부분 쪽으로 확장했다. 그러면 그림이 깊은숨을 쉬기 시작했다. 찍어 바르면 획이 살지 않아 물을 먼저 종이에 발라 놓기도 하고, 붓으로 경계선을 두어 번 스윽 겹쳐 칠하는 것으로 세필이 만드는 경계선을 대신하기도 했다. 그러면 무겁고 입체적인 그림이 완성되었다. 내 그림들은 가끔 후한 칭찬을 받았다. 좋은 말을 들었던 기억을 떠올리자 힘이 났다. 고개를 들어 인사하려고 했더니 선배는 이미 저만치 걸어가고 있었다. 그 등을 멍하니 바라보며 선배의 마지막 말을 되새겼다.

"남들이 안 하는 게 재밌잖아."

그러다 딱 두 자리만큼 떨어져 앉아 있는 은채를 발견했다. 괜히 죄지은 것처럼 심장이 쿵 떨어졌다. 은채는 역시 좋은 자리에 앉아 있었다. 이럴 때가 아니지. 그려야 해. 선배는 없지만 든든한 응원군이 생긴 것 같아서 등을 꼿꼿하게 폈다.

한참을 얼마나 그러고 있었을까. 간식으로 나온 빵을 먹는 것도 까맣게 잊었다. 시간이 여유 있게 남아 있었다. 그림을 제출하고 돌아오는 발걸음이 가벼웠다. 누군가 내 자리를 정리해주고 있었다. 반장이었다. 높게 묶은 머리카락이 움직일 때마다 양쪽으로 명랑하게 흔들렸다. 어떤 아이들은 나타나기만 해도 분위기가 밝아진다. 나는 항상 그런 애들이 신기했다. 누구에게나 친절하고 모난 데라곤 없는 애들. 미술부 안에는 반장 덕분에 왕따가 없다는 말이 있을 정도다. 정원이는 나 같은 아싸에게도 자주 말을 걸고 누구와도 금방 공감대를 형성했다. 특별히 같이 다니는 무리는 없어도 누구나 '우리'라고 표현할 때 그 안에 끼워주는 아이. 도대체 저 많은 에너지와 열정이 어디서 나오는 거지? 좀 수다스럽고 자주 흥분하는 것이 탈이긴 하지만. 나는 정원이를 도와 빵 봉지 같은 것들을 주워서 버리고 선배에게 메시지를 보냈다.

　- 고마워요. 덕분에 오늘 잘 마쳤어요.

　나는 연달아 메시지 하나를 더 써놓고 보낼까 말까 망설였다. '내일 토요일인데 혹시 시간 되면 잠깐 볼 수 있어요?' 혹시라는 말을 지울까. 너무 비굴해 보이지 않나. 잠깐이라는 말도 그런 것 같고. 둘 중 하나를 지워야지.

　- 혹시…… 내일 볼 수 있어요?

　보내기 버튼을 누르자마자 혹시라는 말 뒤에 점이 많은 것을 후회했지만 이미 늦었다. 두 개만 찍을걸. 쉼표를 찍을 걸 그랬나.

하늘이 이렇게 화창한데 일기예보에는 비가 온단다. 우산을 챙겼더니 짐이 늘어버렸다. 선배한테 줄 쿠키를 서둘러 포장하고 집을 나섰다. 늦잠도 안 잤는데 시간이 빠듯했다. 정리 정돈에 집착하는 엄마가 옷 더미로 엉망이 된 방을 보시면 잔소리를 실컷 듣겠지만 오늘은 어쩔 수 없었다.

학원으로 가는 버스 정류장에 누군가 앉아 있었다. 은채였다. 내 발걸음이 저절로 느려졌다. 쟤가 먼저 버스를 탈 때까지 편의점이라도 들를까. 은채는 일요일에 학원에 안 오는데. 어디 가는 거지? 버스가 오는 방향과 핸드폰만 번갈아 바라보다 그만 눈이 마주치고 말았다. 심장이 발등까지 떨어졌지만 우리는 서로의 시선을 피하지 않았다. 물끄러미 나를 바라보다가 천천히 고개를 돌린 은채는 어쩐지 기운이 없어 보였다. 말을 걸어볼까? 섣불리 화해를 시도했다가 무슨 말을 들을지 모른다. 에이, 그래도 어차피 풀어야 하는데. 그렇지만 내가 뭘 그렇게 잘못했다고. 나는 이중적인 마음 사이에서 괴로웠다. 은채도 아힌을 좋아하니까, 어떻게 알게 되었건 좋아하니까. 그러니까 어제 일은 풀고 같이 작품 얘기하면 좋을 텐데. 아냐, 은채는 내 덕에 알았다고 인정하지도 않지. 갈팡질팡하는 마음이 시끄러웠다.

"뭐해. 하여튼 느려. 뛰어!"

얼결에 은채를 따라 버스에 올라탔다. 먼저 앉은 은채가 자기 옆자리를 고갯짓했다. 주말이라 빈자리가 많았다. 창가 쪽을 비워둔 은채를 무시하고 통로를 사이에 둔 건너편에 앉았다. 하, 하, 몇 번이나 헛웃음 소리가 들렸다. 옆으로 틀었던 무릎을 바로 한 은채는 어이없다는 듯 나를 노려보았다. 모르는 척 딴청을 피우다 문득 너무했나 싶었다. 은채는 메신저를 열어 뭔가 열심히 쓰고 있었다.

"학원 가는 거야?"

"뭐래. 그럼 어디 가겠냐."

은채는 퉁명스럽게 대답하고 핸드폰만 쳐다보았다. 나도 더는 말을 걸 마음이 들지 않았다. 이따 선배를 만날 생각을 하니 다시 기분이 좋아지기 시작했다. 어제 받은 답장은 이미 외울 만큼 많이 읽었지만 보고 또 봐도 좋았다. 선배와 주고받은 메시지를 보고 있는데 그림자가 드리워졌다. 언제 내 곁에 와서 서 있었던 건지 은채의 시선이 내 핸드폰 화면에 고정되어 있었다. 나는 벌떡 일어나 하차 벨을 눌렀다. 한 정거장쯤 남았지만, 까짓것 걸어가지, 뭐. 쟤는 예의 없이 왜 남의 핸드폰을 보고 난리야.

▮▮▮

"새미야. 괜찮아?"

괜찮냐니, 그럴 리가 없잖아. 도망가고 싶었다.

물론 그럴 수는 없다. 그래서는 안 된다. 체면은 좀 구겨진 것 같지만 산뜻하게 마무리할 수도 있지 않을까. 내상을 덜 입은 것처럼 보여야 하는데. 나는 속으로 열을 세었다. 하나, 둘, 세엣……. 안 되겠다. 고백은 심호흡 같은 거로 수습될 일이 아니었다. 얼굴이 달아올랐다. 분명 목덜미까지 빨개졌겠지. 내 성격은 왜 이 모양일까? 약이라도 먹고 바꿀 수 있으면 좋겠다. 아니, 온 세상이 다 뒤집혀버렸으면.

선배의 대답은 너무 예상 밖이었다.

"내가 MBTI 바뀐 지가 얼마 안 돼서······. 네가 나를 잘 못 본 걸 수도 있어."

갑자기 무슨 MBTI? 내가 별로라는 말을 돌려 말하는 거라기엔 너무 이상하잖아.

"그러니까 이게 설명하자면 좀 길어."

난처한 표정을 한 선배의 뒤로 딸랑, 종소리가 울렸다.

카페 문이 열리면서 왁자지껄한 소리가 쏟아졌다. 익숙한 얼굴이 하나, 둘, 셋, 넷······. 그래. 나쁜 일은 꼭 연달아 터지더라. 나는 눈을 질끈 감았다. 카페에 들어선 무리 중 은채의 목소리가 제일 컸다. 하필 이럴 때! 아니지. 이럴 때니까 온 거겠지. 아까 버스 안에서 다 봤겠지. 내가 오늘 고백할 거란 걸 짐작했을 테니까. 다 알면서 온 거다. 못됐어, 정말. 짜증 나. 빠져줄래, 제발······. 이 자리를 그냥 피하고 싶다. 아냐, 그래서는 안 돼. 침착하자. 손가락을 비틀며 다짐하는데 의아하다는 듯 은채가 갸우뚱거리며 다가왔다.

"뭐야. 분위기 왜 이래. 선배, 혹시 애한테 고백했다 까 였어?"

"아, 뭔 소리야."

은채는 커다란 눈을 깜박거리며 나와 선배를 번갈아 쳐 다봤다. 이젠 카페 안의 다른 손님들까지 호기심 어린 표 정으로 이쪽을 흘끔거리고 있다.

"그럼, 새미가?"

"적당히 해라. 우린 나중에 다시 얘기하자."

선배가 가방을 챙기며 한마디 더 하고 몸을 돌렸다.

나는 계속 침묵했다.

"맞나 보네. 야, 너 또 미세 됐냐?"

"······그래. 너는 그걸 구경하러 왔고. 재밌어?"

느리게 대답하며 나는 은채의 눈을 똑바로 마주 보았 다. 예전 같으면 상상도 할 수 없는 일이었다. 은채는 잠깐 당황한 듯하다 까르륵 웃음을 터트렸다.

"어쩐지. 앞이 뿌옇더라고."

"그건 네 컬러렌즈 때문이겠지."

내 입에서 나온 말 맞아? 내 목소리가 낯설었다. 잠시 불편한 정적이 흘렀다.

"둘이 진짜 친한가 보네. 나는 먼저 가볼게. 또 보자."

짧은 침묵을 깨트린 사람은 내가 아니라 선배였다. 선배
가 자리를 뜨자마자 은채가 입술을 삐죽거리며 말했다.

"내가 렌즈를 끼건 수수깡 안경을 끼건."

"난 그걸로 먼저 뭐라고 한 적 없어. 네가 먼저 나 망한
거 구경하러 온 거지."

"뭐래. 난 당연히 고백 성공할 줄 알고 축하해 주러 왔지."

나는 꿀꺽 침을 삼켰다. 용기를 내야 해. 언제까지나 이
렇게 지낼 순 없어.

"네 축하는 왜 결과가 이런 식이야? 앞으로 다른 사람한
테 축하 같은 거, 안 하는 게 좋겠다."

은채의 눈이 커졌다.

"뭐, 축하를 해준대도 난리야."

"스토커들도 그렇게 이야기한다더라."

"애 좀 봐. 무슨 화를 그러데이션으로 내."

"앞으로 나한테 미세라고 부르지 마. 초딩이야?"

은채의 입이 벌어지고 벙긋거리는 것이 보였지만 무시

하고 서둘러 가방을 챙겨 나왔다. 쟤 뭐 잘못 먹었냐는 둥 오늘 왜 저러냐는 말들이 뒤에서 들려왔지만, 속이 시원했다. 마침내 고백한 것도, 차라리 차인 것도, 은채에게 맞선 것도. 이제 훌훌 떨쳐내야지. 왜 이렇게 심장이 크게 뛰는 거지? 안 하던 짓을 해서 그래. 근데 왜 이렇게 외로울까. 은채와 풀긴 영영 글렀구나. 나는 이런저런 생각을 하느라 목적지도 정하지 않고 한참을 정신없이 걸었다.

▌▌▌

하늘은 맑기만 한데 빗방울이 떨어지기 시작했다. 보이지 않는 어딘가에 구름이 숨어있나 보다. 카페에 우산과 쿠키가 든 종이봉투를 두고 나온 것이 뒤늦게 생각났다. 하긴, 여기서 비를 맞으며 백 바퀴쯤 돈다고 한들 누가 신경 쓸까. 그러다 울어도 눈총이나 받지 않으면 다행이지. 우산을 쓰고 종종걸음을 하는 행인들은 앞만 보고 걸으며 나를 무심히 지나쳤다. 여기는 왜 이렇게 물웅덩이가 많담. 건물도 다 똑같이 생긴 것 같다. 같은 곳을 맴도는 듯한 기분이 드는 사이 지나는 사람도 점점 뜸해졌다. 애초에 내가 여기서 뭘 하는 걸까?

핸드폰을 열어 지도를 켰다. 제대로 실행되지 않았다. 집과 반대편으로 온 것 같지만 확신할 수 없었다. 나는 식당 안에서 밥을 먹다가도 자리를 못 찾는 애니까. 뷔페 음식이 담긴 접시를 들고 난처하게 서서 두리번거리면 가족들이 나를 부르곤 했다. 할머니 댁에 가는 고속버스를 타도 문제였다. 아무 생각 없이 화장실에 다녀오면 어떤 버스에서 내렸는지 몰라서 난감했다. 주차장에 멍하니 서 있다가 간신히 가족을 찾아 허둥지둥 버스에 다시 올라타면서 다음 휴게소에서는 꼭 차 번호를 외워야지, 해놓고 딴생각에 골몰하다 또다시 잊어버리곤 했다. 학교에 입학해서도 익숙해지는 데 한참 걸렸다. 다들 어떻게 저렇게 능숙하게 적응하는 거지? 난 왜 이렇게 일상이 서툴기만 할까. 계속 시도했지만 희한하게 인터넷에도 접속되지 않았다. 몇 번이나 새로 고침을 눌러도 먹통이었다. 나는 주위를 두리번거렸다. 오늘 한 모든 일이 후회스러웠다. 애초에 고백하려고 하지 말걸. 거절의 이유로 MBTI라니. 그렇게 카페를 박차고 나오지 말았어야 해. 학교 가면 선배 얼굴을 어떻게 보지? 계속 오늘 같은 용기를 내야 한다면 하루가 끝나기도 전에 기진맥진하고 말 텐데. 나는 이 상황이 너무 싫어 눈물이 날 지경이었다.

전동 킥보드 한 대가 내 앞에 와서 멈춘 것은 그때였다.

"곤란에 빠진 거야?"

나한테 말을 건 것이 맞나? 뒤를 돌아봤지만 아무도 없었다. 뭐라고 대답해야 할지 몰라서 머뭇거리자 다시 물었다.

"혹시 MBTI 바꾸러 왔니? 아니면, 우산 빌려줄까?"

언제 봤다고 반말이람. 아, 혹시…… 아까 선배가 한 말이 이건가?

"M…… BTI요? 그걸 바꿀 수도 있어요?"

"우산을 빌려줄 수도 있어."

"MBTI 바꾸는 데가 어디에 있어요?"

"그냥 길을 잃은 건 아니고?"

나는 잠깐 망설였다. 길 잃은 게 뭐. 큰길로 나가 택시를 타면 그만이지.

"그래서 어떻게 하면 되는데요?"

자세히 보니 언니라기엔 나이가 많은 것도 같고, 아줌마는 아닌 것 같고. 언니는 어깨를 으쓱하더니 따라오라는 몸짓을 하고 몇 미터 앞섰다. 전동 킥보드는 꽤 빨라서 헐레벌떡 쫓아가야 했다.

킥보드가 멈춘 건물은 불과 백여 미터 떨어져 있었다. 아까 지나친 곳이다. 물웅덩이가 많은 곳. 건물 입구에 왜 이제껏 보지 못했을까 싶을 정도로 커다란 배너가 놓여 있었다.

**당신의 MBTI를 바꿔드립니다.
당신이 꿈꾸던 성격이 되세요!**
— 페르소나 실험실 —

올리브색 바탕에 오렌지색 글자였다. 잘 안 보이게 왜 저런 색 조합을 쓰는 거야. 속으로 투덜거린 것 같은데 언니가 나를 보고 싱긋 웃어서 움찔했다. 얼른 표정을 가다듬었다. 우리는 물웅덩이를 지나 젖은 발자국을 남기며 계단을 내려갔다. 조금 어둡고 가파르게 느껴졌다. 뭔데 지하에 있지? 이대로 따라가도 괜찮은 걸까? 두 사람의 발소리가 텅텅 울렸다. 앞서 내려가는 소리는 발랄했지만 무거운 내 발은 점점 속도가 느려졌다. MBTI를 바꾼다니, 말이 되냐고.

지하층은 묘하게도 걸을수록 환해졌다. 복도로 둘러싸인 네모난 정원이 하늘을 향해 열려있었다. 중정이었다. 푸릇한 잔디 가운데 커다란 나무가 시원하게 뻗어 그림자를 드리웠다. 흰 자갈 위로 빗방울이 떨어져 튕기는 모습이 통유리창을 통해 시원하게 내다보였다. 가장자리에는 여러 개의 벤치가 놓여 있었는데 흰옷을 입은 누군가가 우산도 없이 앉아 있었다. 나는 유리창 안쪽에 있는데도 정원으로 쏟아져 내리는 빗방울을 피해야 할 것 같은 기분이 들었다. 저절로 걸음이 빨라졌다. 앞서가던 언니는 문 앞에서 갑자기 안으로 사라졌다. 당황스러웠다. 문에는 손잡이도 없고 벨도 없었다. 노크할까. 밀어볼까. 팻말을 보니 어떻게 해야 할지 더 알 수 없었다. 본인 외 출입 금지.

머릿속에서 은채가 미간에 주름을 잡으며 말하고 있었다.

'여기까지 와서 포기한다고? 역시 넌 어쩔 수 없다니까.'

딱 한 뼘만큼 문이 열렸다.

"들어와서 잠깐만 기다려."

생각보다 커다란 방이었다. 가운데 책상을 중심으로 색상도 디자인도 다른 열여섯 개의 의자가 놓여 있었다. 나는 주춤거리며 입구 근처에 앉았다. 가까이서 보니 저절로 몸이 움츠러들 만큼 커다란 책상이었다. 책상이라기보단 우리 집 식탁을 두 개쯤 붙여놓은 것 같은 크기다. 책상 뒤 선반에는 나무로 만든 조각품들이 놓여 있었는데 장난감처럼 동글동글하고 귀여웠다.

잠시 후 느긋한 발걸음으로 들어온 사람은 아까 정원에 있던 사람 같은데 하나도 젖어 있지 않았다. 위에 지붕이 있었던가? 그는 보송한 흰 가운 자락을 뒤로 펄럭이며 책상 끝에 앉았다.

"왜 따라왔죠? 같이 온 건가?"

무슨 소리를 하는 거지?

"누가 누구를요? 제가요? 아까 그 언니를요?"

흰 가운은 대답하지 않고 의자를 빙글빙글 돌려 뒤쪽 선

반에 놓여 있던 것 중 두 개를 꺼냈다. 크기가 큰 쪽에는 원형의 나무판 위에 여러 개의 목각 인형이 올려져 있었고, 다른 한쪽에는 단 하나의 목각 인형이 가운데 서 있었다.

"거기 신청서부터 써요."

어느새 내 앞에 작은 카드 크기의 종이와 노란색 연필이 놓여 있었다. 카드는 두 장이었다. 멀뚱히 쳐다보고만 있자 그가 쓰고 있던 안경을 위로 고쳐 올리며 다시 말했다.

"학생 MBTI는 둘 중의 하나만 뒤집을 수 있어요."

어딘가 냉정한 말투였다. 그 말에 희한하게 화가 났다. 처음 봤는데 날 어떻게 알고? 왜 나를 규정해? 될 대로 되라는 심정으로 동시에 카드 두 장을 모두 뒤집었다. 손해 볼 건 없지. 여기가 뭐 하는 곳이건 오늘은 어차피 망했는데.

"운명이 달라질 수도 있어요. 괜찮겠어요?"

어차피 망한 것 같다니까요.

"괜찮아요. 제 운명이니까요."

사실은 무서웠다. 뭔가 잘못되면 어떡하지, 나는 손을 떨지 않으려고 애쓰며 카드를 읽었다.

```
┌─────────────────────────────────────┐
│           당신의 MBTI를              │
│  바꿔드립니다. (선택 :      ) (이유 :      )  │
└─────────────────────────────────────┘
```

다른 한 장에는

```
┌─────────────────────────────────────┐
│           모두의 MBTI를              │
│  바꿔드립니다. (선택 :      ) (이유 :      )  │
└─────────────────────────────────────┘
```

연필을 들었지만, 어느 카드를 써야 할지 알 수 없었다. 어차피 MBTI를 다 외우지도 못하는데. 만약 내가 바뀌면 모두와 잘 지낼 수 있을까? 내 성격이 정말 그렇게 문제인가? 다들 항상 옳고 나는 매번 틀렸다고? 내가 얼마나 노력하는데! 그래도 역시 내가 이상한 건가. 내가 달라져야 하는 게 맞나. 그렇지만 바뀐 다음에도 모두를 실망하게 하면 어쩌지.

"처음 떠오른 걸 쓰는 게 좋아요."

흰 가운이 고개를 살짝 저으며 말했다. 그의 시선이 내 입가에 닿아 있었다. 나도 모르게 연필 뒷부분을 입으로 가져가 씹고 있었나 보다. 연필을 감싸고 있던 노란 코팅이 조금씩 벗겨져 있었다. 입 안에 쓴맛이 감돌았다. 잇자국이 난 연필을 내려놓았다.

"처음 떠오른 게 뭔지 어떻게 알아요?"

"그럼, 지금 떠오른 걸로 써요."

나는 두 장의 카드를 만지작거리다 내려놓기를 반복했다. 떠오르는 얼굴이 하나 있었다. 마침내 나는 한 장의 카드를 선택했다. 빈칸을 채우는 글자가 긴장으로 비뚤비뚤 써졌다. 이게 소용이 있을까? 미심쩍은 마음을 알아차리기라도 한 듯 흰 가운이 말했다.

"걱정 마요. 잘했어요."

흰 가운은 내가 선택한 카드를 보더니 책상 위에 놓여 있던 두 개의 나뭇조각 중 여러 개의 인형이 올려져 있던 걸 내 쪽으로 살짝 밀었다.

"이걸 받으세요."

살짝 열린 문틈으로 그림자 하나가 어른거렸다. 아까 그 언니인가? 받아 든 나뭇조각은 생각보다 무거웠다. 바둑판무늬의 원판 위에 색채가 모두 다른 목각 인형들이 하나의 커다란 우산 아래 서 있었다. 옆쪽에는 은색으로 빛나는 태엽이 달려 있었는데 왠지 낯설지 않았다. 왜 이런 기시감이 드는 걸까.

"자, 이제 원하는 만큼 태엽을 돌려요."

태엽은 무척 뻑뻑했다. 안간힘을 써서 간신히 두 바퀴를 돌린 다음, 책상 위에 올려놓았다. 태엽이 풀리면서 톱니가 돌아가는 소리가 났다. 곧 오르골이 연주되며 원판 위의 인형들이 빙글빙글 돌았다. 근데 이 음악, 어디서 많이 들어본 음악인데.

〈엘리제를 위하여〉인가? 아닌데, 이거 트로트 같은데.

문이 한 뼘쯤 열리고 오르골 위로 강한 빛이 쏟아졌다.

∎∎∎

시끄러운 노래와 알람이 동시에 울리고 있었다. 알람을 끄고 햇살이 눈부셔서 이불을 머리끝까지 뒤집어썼다. 이미 잠은 깼다. 거실에서 시끌벅적한 노래에 이어 떠나갈 듯한 환호성과 MC의 흥분된 목소리가 들려왔다. 엄마가 웬일로 아침부터 TV를 켜셨을까. 게다가 엄마는 트로트 취향이 아닌데……? 거실로 나온 나는 저절로 입이 벌어졌다. 집 안이 습격이라도 받은 듯 어지러웠다. 건조대에서 걷은 세탁물이 소파에 아무렇게나 쌓여 있는 것은 물론이고, 베란다에 있던 수납 상자들이 거실 한가운데 펼쳐져 있었다. 가장 기가 막힌 것은 그 사이에 앉아 앨범을 펼쳐 놓고 싱글거리는 엄마였다.

"일어났어, 우리 딸? 아유, 어쩜 너는 잠이 덜 깨도 예뻐! 누구 닮아 저렇게……. 얘, 근데 이거 좀 봐, 너 어릴 때 사진이야. 이렇게 쪼그만 게 언제 저렇게 컸지?"

나는 눈을 끔뻑거리며 지금 도대체 이게 무슨 상황인가 생각했다. 꿈인가? 분명히 우리 엄마가 맞는데 낯설기 짝이 없는 하이톤의 목소리에 예쁜 우리 딸이라니. 어디 아프신 건가? 엄마의 결벽증이 사라질 만큼 큰일이라도 난 걸까?

"아이고, 내 정신 좀 봐. 아침 먹어야지. 뭐 해 줄까? 카레? 토스트? 미역국?"

아침 식사는 간결하게 시리얼과 우유, 사과 한 쪽이면

된다던 우리 엄마 맞아? 혼란스러워하는 나를 두고 엄마
는 주방으로 가서 찬장 이곳저곳을 열어젖히느라 부산스
러웠다.

"엄마, 출근 안 하세요? 회사 안 가?"

"어머, 세상에! 맞다! 세상에, 지금 몇 시니?"

좀처럼 흥분하는 일이 없는 엄마가 빠른 걸음으로 안방
으로 사라졌다. 멍하게 엄마의 뒷모습을 바라보다 켜져 있
는 TV가 눈에 들어왔다. 평소 차분하고 우아한 진행으로
유명하던 MC가 시끄럽게 떠들고 있었다. 출연한 패널들
이 서로 말하려고 해서 누구의 말도 알아들을 수 없는 아
수라장이었다. 자막도 정신없이 뜨고 사라져서 도저히 읽
을 수가 없었다. 나는 밥을 먹는 둥 마는 둥 하고 학교로
향했다.


교문이 가까워질수록 뭔가 이상했다.

우리 학교가 아무리 자율복장이라지만 오늘 아침 아이
들은 어디 놀이공원이라도 가는 듯한 차림이었다. 커다
란 토끼 귀가 달린 모자를 쓰거나 형광 옷은 보통이고, 빨

간 바지를 입고 진짜로 불이 들어오는 LED 전구를 허리에 감아 늘어뜨린 애도 있었다. 뭐지? 오늘 무슨 축제가 있었나? 왜 나만 몰랐지? 영문도 모른 채 교문에 도착하자 내가 뭘 보고 있는 건지 믿을 수가 없었다. 거의 교문을 덮을 듯 걸린 커다란 현수막 위에 가득 그려져 있는 것은 엄지 손가락을 치켜들고 활짝 웃고 있는 교장 선생님 캐리커처였다. 아이들이 그 앞에서 인증 숏을 찍고 있었다. 교장 선생님이 저렇게 웃을 줄 아신다고? 저건 왜 걸어 놓은 거야.

"뭐라고 할지 너무너무 궁금하지 않니? 아, 너 먼저 찍어. 양보할게."

눈 밑에 별 모양 스티커를 여러 개 붙인 선도부원 한 명이 해맑게 웃으며 말했다. 주어가 하나도 없는 말이었다. 어디의, 누가, 무엇을, 뭐라고 하는데? 반문하려는데 동그랗고 까만 눈과 마주쳤다. 그 애가 매고 있는 가방 위로 갈색 털이 곱슬거리는 강아지 얼굴이 빼꼼 나와 있었다. 참 사실적으로 잘 만든 인형이네. 그 순간 인형이 눈을 깜빡, 하더니 깡, 하고 짖었다.

"폴, 학교에선 짖으면 안 돼."

강아지는 주인의 말을 들었는지 가방끈을 물고 잡아당겼다. 나는 깜짝 놀라 뒷걸음질 쳤다. 학교에 강아지를 데려오다니 제정신이야? 그때 가방에서 뛰쳐나온 폴이 운동장을 가로질러 달리기 시작했다.

"저기 봐, 강아지다. 강아지! 우와앙!"

폴의 뒤를 따라 선도부원들이 꺅꺅거리며 같이 뛰기 시작했다. 반대편에선 학교 뒤뜰에서 키우는 오리와 토끼가 꽥꽥, 깡충깡충, 운동장으로 나오고 있었다. 선생님 한 분이 닭을 안고 열린 울타리 앞에서 커다랗게 웃고 계셨다. 뭐가 뭔지 알 수 없었다. 어리둥절하게 교실로 들어서자 누군가 커다랗게 팔을 벌려 나를 안았다.

"쌔미이, 주말 동안 보고 싶었엉~."

그와 동시에 여기저기서 인사가 날아왔다.

"새미다! 좋은 아침."

"새미야, 안녕?"

"오, 왔음? 주말 잘 보냈어?"

"안녕, 샘샘이! 너도 머리 땋아줄까? 내가 예쁘게 해줄게!"

교실에 있던 열 몇 명 정도가 전부 내게 아는 척을 했다. 우리 반이 전부 서른한 명이니까 절반 정도가 인사를 한 거다. 얘들이 왜 이러지. 단체로 약을 먹었나. 뭐에 홀린 듯한 기분이었다. 그때 누군가 손목을 잡아끌었다.

"한새미. 빨리 이리 와봐."

은채였다. 정신없이 가방을 내려놓고 은채를 따라 복도에 나가자 한쪽에서 여럿이 팝핀을 하고 있었다. 아침부터? 와, 체력들 좋네.

"너, 무슨 짓을 한 거야?"

은채의 얼굴이 심각했다.

"무슨 얘기야. 내가 뭘."

"어제 거기서 너 뭐라고 썼어?"

"거기라니. 무슨……."

반문하다 입을 다물었다. 은채가 불쑥 내민 쇼핑백은 내 거였다.

"너 혹시 나 따라왔었어?"

"네가 쇼핑백 놓고 갔잖아. 아니, 그건 나중에 얘기하고. 뭐라고 썼냐고!"

은채가 어떻게 알지?

"두 번째 카드 선택했잖아. 어떤 성향 썼냐니까?"

"……나 그런 거 못 외우잖아. 그냥 다 반장처럼 됐으면 좋겠다고 썼지, 뭐. 그게 왜?"

"반장……. 반장? 맙소사! 정원이?"

두 손으로 머리를 감싸 쥔 은채가 신음 소리를 내며 벽에 기대더니 스르르 주저앉았다.

"걔가 얼마나 자기애와 자기 비하의 양극단을 자주 오가는지 알아? 그래, 정원이가 착하긴 하지. 착한데, 큰일 났네. 걔 ENFP 중에서도 격동적인 스파크 형의 T에다가 엄청 산만하다고. 으아아."

그때 수업 시작을 알리는 멜로디가 울렸다. 뭐라고 더 대답하기도 전에 은채는 자기 머리를 쥐어뜯으며 가버렸다. 어쩔 수 없이 어수선한 교실로 돌아오자 옆에 있던 애가 싱글싱글 웃으며 내 의자를 빼주었다. 자리에 앉자 뒤에 있던 애가 의자를 밀어주더니 다정하게 어깨를 두들겼다. 이게 무슨 짓들이지……. 덕분에 나는 책상에 지나치게 바짝 붙어 앉은 셈이 되었지만 차마 고쳐 앉을 자신이 없었다. 맑은 눈의 광인들에게 둘러싸인 기분이었다. 고개를 들자 칠판 가운데 커다랗게 무지개색 글자가 쓰여 있었다.


♡삶은 모험이다♡ 우와☆★♪♬♥☆

서로 더 사랑하고!!! 더 많이 꿈을 꾸자!!!


느낌표가 각각 세 개씩이었다. 망했다.

오전 수업 중 어떤 수업도 평소대로 진행되지 않았다. 담임 선생님은 시를 읽다가 갑자기 그렁해진 눈으로 첫사랑 얘기를 했다. 처음 듣는 얘기도 아닌데 어떤 애들은 울먹거리기까지 했다. 그 시절 노래 이야기가 나오자, 그중 한 아이는 코를 풀고 일어나 태권도 춤이라는 것을 추며 랩을 했다. 옆에 있던 다른 애는 그보다 더 유명했던 춤이라며 도리도리 격한 고갯짓을 하다가 목을 살짝 삐는 바람에 양호실에 데려갔는데, 창문에 온통 노란 튤립과 파란 구름 스티커가 붙어있었다. 양호 선생님은 '어떡해'를 연발하며 다친 애한테 식물 영양제를 링거처럼 꽂아 놓더니 꽃잎을 잔뜩 따서 그 속에 묻어 놓았다. 그러더니 화타를 찾아오겠다며 나가버렸다.

양호실만 그런 것이 아니었다. 교무실 문 앞에는 등신대가 서 있었는데 교감 선생님이 한쪽 다리를 귀엽게 접어 올리고 손 하트를 날리고 있는 모습이었다. 아악, 내 눈. 서둘러 교실로 돌아왔는데 어떤 애가 첫사랑의 정의에 대해 막 의문을 제기하고 있었다. 토론을 하게 되나 했지만 모두 맥락 없이 말해서 무슨 이야기인지 하나도 알 수 없었다. 그 시간만 그런 것이 아니었다. 애초에 계획한 진도는 반밖에 나가지 못했는데 수업 시간을 넘기지 않은 선생님은 한 분도 안 계셨다. 수업이 시작된 후에야 헐레벌떡 교실로 돌아온 애들도 여러 명이었다. 롤러코스터에서 내리지 못하는 기분이 이런 걸까? 멀미가 날 지경이었다. 점심시간. 나는 먹는 걸 포기하고 은채를 찾아가기로 했다. 지금 정상인 사람은 은채밖에 없는 것 같았다. 어떻게든 이 상황을 바로잡아야지. 도망치고 싶었지만 나에게 책임이 있고, 은채는 뭔가 아는 것이 틀림없었다.

웬일로 매점 앞이 한산해서 은채를 금방 찾아낼 수 있었다. 은채는 에코 텀블러를 들고 레모네이드를 주문하고 있었다. 그 옆으로 피켓을 들고 서 있는 애들 몇 명이 구호를 외치고 있었다.

"환경을 파괴하는 일회용품을 사용하지 맙시다! 매점에서 파는 비닐 포장재와 플라스틱을 거부합시다!"

그래……. 정의롭기가 딱 반장 같네. 틀린 얘기도 아닌데 어쩐지 울고 싶어졌다. 은채와 나는 벤치에 나란히 앉았다.

"목말라 죽는 줄 알았네. 텀블러 없었으면 아무것도 못마실 뻔했잖아."

내가 잠자코 있자 은채가 텀블러를 내밀었다.

"마셔. 곧 텀블러도 환경파괴의 주범이라고 할지도 몰라. ENFP는 캠페인을 좋아하잖아."

내가 머뭇거리자 은채가 발끝으로 돌멩이 하나를 굴리다 톡, 쳤다.

"지금 우리가 싸울 때냐? 다들 똑같아지니까 진짜 웃기네. 이러다 그림도 다 똑같이 그리는 거 아냐? 아, 멘탈이 다 털린 것 같아."

"설마…… 어떻게든 해결해야지."

말은 그렇게 했지만, 도무지 뭘 어떻게 하면 좋을지 알 수 없었다. 정말 이게 다 나 때문에 벌어진 사태인가? 거길 다시 찾아가면 되려나?

"난 몇 번이나 풀고 싶었는데 네가 기회를 안 줬어."

은채가 먼 곳을 보더니 말을 이었다.

"근데 솔직히 나도 힘들었어. 노래방을 가도 잘 모르는 신곡들, 네가 먼저 선곡해놓고 너는 안 부르고 나는 모르는데 부르려고 애쓰고. 다른 것도 그런 식이었어. 그래 놓고 돌아서면 내가 한 일의 결과가 네 기대에 미치지 못한다는 듯이 무시했잖아."

"아냐. 나 너 칭찬한 적도 많았어."

"그래. 하긴 했지. 그런데 새미야. 네가 내 그림을 칭찬할 때 말투가 어땠는지 알아? 의외라는 표정을 숨기려고 하지도 않았어, 넌. 내가 못 그리면 아예 다시 쳐다보려고 하지도 않았고. 다른 애들한테 네 그림에 대한 조언을 구할 때도 절대 나에겐 물어보지 않았어."

내가 그랬던가. 분명 이런 애가 미술을 진지하게 할 거라고 생각하지 않았던 적이 있긴 했다. 은채는 재주도 많고 예쁘고……. 미술이 아니어도 할 수 있는 게 많으니까. 갑자기 귓불이 달아올랐다.

"하지만 날 따라 하기 시작한 건 너잖아."

"난 널 따라 한 게 아니야. 내가 본 걸 일단 다 흡수했을 뿐이야. 변형하기 전의 과정 같은 거였어."

"모든 일에는 본질이 있기 마련이라고."

"하늘 아래 새로운 것이 어딨어? 그러는 너는 왜 멋대로 애들을 정의했는데? 무슨 근거로? 네가 애들 유치하다고 생각하는 거 알아. 그거 다 편견이라고. 내가 줄임말을 쓰면 넌 비웃듯이 말했지."

"뭐 하러 그런 거까지 줄여?"

우린 동시에 말하고 웃었다.

"싫었겠네."

나는 달아오른 얼굴을 식히려고 손부채질을 했다.

"싫었지. 그렇게까지 정색을 할 게 뭐냐. 사람 무안하게."

아니라고 말할 수 없었다. 기죽지 않으려고 그런 생각을 하기 시작했던 것 같은데 나중에는…….

"네가 누군가를 단정 지어버리면 그 사람은 계속 그 프레임 안에서 생각하고 행동하는 거로 보이지 않을까? 갇히는 거지. 전혀 그런 게 아닐 때도, 이 유형은 원래 이래, 그러면서. 자신에게도 같은 실수를 반복할 거야.

은채의 말은 틀리지 않았다. 나 자신은 늘 갈팡질팡하면서도 다른 사람들은 이쪽저쪽으로 분류해야 안심이 되었다. 그래야 어떻게 행동할지 정할 수 있었다. 내가 다치지 않기 위해서라고 생각했지만, 사실은 기죽지 않기 위한 핑계였다. 못된 무의식의 습관을 마주하는 기분이었다.

"난 네가 나보다 똑똑하다고 생각했어. 수준을 맞춰야 계속 친구 사이를 유지할 수 있을 것 같았고. 그런데 너도 알다시피 난 알바도 해야 하고 시간이 많지 않잖아. 널 좋아하니까 일단 네 취향부터 흡수한 건 인정. 나도 좀 찔리고 네가 날 한심하게 보는 것 같아서 방어적으로 대한 것도 인정. 미세라고 깔아뭉갠 것도 미안해."

뜻밖에 눈물이 확 고였다. 나도 사과해야 하는데. 나야 말로 나빴다. 솔직하지 못했고, 내 상황에 맞춰 기준을 바꾸고, 부러운 건 인정하기 싫었다. 뭐라고 하지. 창피하게 눈물은 왜 나는 거람. 이 눈물이 은채의 사과를 받은 것에 대한 고마움인지, 그동안의 서러움인지, 깨달음 탓인지, 아니면 아까부터 어디선가 불어오는 연기 탓인지 생각하는데…… 응? 연기? 왁자지껄 한 무리의 아이들이 뛰어가며 우리를 향해 외쳤다.

"야! 큰일 났어! 누가 헬륨 가스로 풍선 불고 폭죽 터트리다가 불났대! "

은채가 벌떡 일어났다.

"새미야, 일단 지금 이 사태는 우리가 해결 못 해. 도움을 청하자."

학교 전체에 화재경보가 요란하게 울리기 시작했다.

우리가 그 골목에 들어섰을 때 구름 속에 해가 숨어버렸는지 갑자기 사방이 어두워졌다. 어디를 둘러봐도 적막감이 감돌 만큼 조용했다. 나는 올리브색 배너가 세워진 건물이나 '페르소나 실험실'이라고 적힌 간판을 찾으려고 애썼다. 하지만 몇 바퀴를 돌아도 그런 건 눈에 띄지 않았다.

"은채야, 어쩌지. 우리가 기억을 못 하나 봐."

"중정을 찾아보자. 그 건물 가운데 하늘까지 뚫린 정원이 있었잖아."

"안에 들어가 보아야 알 수 있잖아. 겉만 보고 어떻게 알아."

나는 힘없이 말했다. 다 나 때문이다. 다행히 학교의 불은 점심시간이 끝나기도 전에 쉽게 꺼졌다. 하지만 그다음은? 내일도 모레도 모든 사람이 똑같으면 어떻게 견디지?

"조금만 더 찾아보자. 못 찾아도 어쩔 수 없지 뭐. 너무 걱정하지 말자. ENFP는 불꽃처럼 타오르고 금방 꺼진다잖아."

말을 마친 은채가 갑자기 손으로 제 입을 틀어막고 손
가락으로 내 뒤를 가리켰다.

"엇!"

뒤를 돌아보자 얄미울 만큼 평온한 얼굴을 한 선배가
서 있었다. 아직 무슨 일이 벌어진 건지 모르는 건가?

"너희 헐레벌떡 뛰어가길래 여기 와 있을 줄 알았다."

"선배가 여길 어떻게……."

"이거, 본 적 있지?"

선배가 불쑥 내 앞으로 내민 것은 노란색 연필이었다.

"나는 내 MBTI를 바꾸는 걸 선택했었어."

선배의 얼굴에 짓궂은 미소가 떠올라 반짝거렸다.

"혹시 너는 모두를 바꿔 달라고 한 거야?"

저절로 고개가 떨어졌다. 부끄러웠다. 무조건 남들이 달
라지길 바란 건 이기적인 선택이었던 것 같다.

"왜, 새미 네가 원한 대로 됐잖아."

선배가 장난스럽게 말했다. 나는 원망스럽게 선배를 바
라봤다.

"······그럴 리가 없잖아요."

"태엽, 몇 바퀴 돌렸어?"

"두 바퀴요."

내가 웅얼웅얼 대답하자 선배가 걱정할 것 없다는 듯 따듯한 눈빛을 보냈다.

"그럼, 이틀이면 정상으로 돌아오겠네."

"태엽을 더 돌렸으면 더 오래 걸리고요?"

"꼭 그런 것만은 아냐. 어차피 금방 해결돼."

은채가 끼어들었다.

"그걸 어떻게 알아요?"

"내가 그랬거든. 처음에는 내가 바뀌는 줄 알았는데 며칠 그러다가 말더라. 결국에는 원래대로 돌아오더라고."

"그건 왜 그런 건데요?"

"나야 모르지. 원래대로 돌아온다는 것밖에는."

의아하다는 표정으로 한쪽 눈썹을 치켜든 은채가 말했다.

"관계 때문에 그런 게 아닐까? 새미 너랑 나도 그랬던 것 같지 않아?"

"그럴 수 있겠네. 상대가 나보다 더 외향적이면 나는 어느새 내향적으로 돼버리니까."

"하긴, 항상 똑같지는 않았던 것 같아요. 나도 그렇고, 새미도 그렇고……. 맞아. 안 싸우려면 타협도 하고, 양보도 하고. 적당히 고집도 부려야 하는데."

은채는 마지막 말을 하면서 놀리듯 나를 보았다.

나는 조금 주저하면서 말했다.

"하지만 한눈에 봐도 어떤 성격인지 딱 알겠다 싶은 경우가 있잖아요."

"내가 뒷모습 좋아하는 이유 얘기했었나?"

"뭔데요?"

"뒷모습이 있는 그대로의 모습 같아서?"

"아……."

"단박에 안다고 생각하는 건 대부분 편견 아닐까? 고유한 성격은 잘 보이지 않을 수도 있지."

"있는 그대로 보려면 어떻게 하면 되는데요?"

"음…… 그건 모르겠지만…… 항상 모르는 사람이라고 생각해야겠지."

뭐라는 거야. 은채도 같은 생각을 했는지 뾰로통한 얼굴로 항의하듯 물었다.

"말도 안 돼. 어떻게 그래요."

"나도 멀어진 친구가 많은데……. 애정이 있으면 무관심도 있어야 관계가 편해지더라고. 안 그러면 나도 모르게 상대를 재단하게 되는 것 같아."

무슨 말인지 알 것 같았다. 아이들과 잘 어울리는 은채가 부러운 한편, 나를 따로 챙겨주지 않는 것이 내심 서운했다. 실망한 마음을 은근한 비난으로 채우기 시작했다. 은채에게서 내가 보고 싶은 부분만 보았다. 그렇게 우린 점점 불편해졌던 거다. 정작 은채가 보내는 신호들을 알아차리지 못하면서.

"그러니까, 관심보다 존중. 존중할 수 없다면 차라리 무관심. 어쨌든 배려가 우선. 뭐 그런 건가."

은채가 중얼거리는 동안 골목의 빛이 바뀌었다. 구름이 다시 해를 뱉었나 보다.

"나는 태엽을 몇 바퀴를 돌렸있는지 기억이 안 나. 그냥 끝까지 돌렸던 것 같은데……."

은채가 혼잣말처럼 말했다.

"그래 봐야 열몇 번이겠지 뭐."

선배의 말을 들은 은채가 딴 곳을 보며 코를 실룩였다. 죄책감이 들 때 하는 행동이다. 나는 은채의 손을 잡았다.

"수백 바퀴를 돌렸다 해도, 너는 안 바뀌었으니까 괜찮아."

"뭐야, 오글거리게!"

은채가 질색한다는 말투로 툴툴거렸다. 하지만 마주 잡은 손은 깍지를 껴왔다.

"우리가 최악의 궁합일지는 몰라도 서로를 인정하는 것은 분명한 것 같지?"

갈팡질팡하는 것은 다들 같았다. 함께 어울리기 위해서라도 상대방을 짐작해 보고, 균형을 맞추기 위해 자기 자신을 더하고 빼겠지. 그림을 그릴 때 물이나 물감을 더해 명암을 표현하는 방식이 각자 다르듯이. 처음 데생을 할 때는 서툴러서 여러 개의 단선만 흐릿하게 그으며 뭉개곤 했다. 선의 이완과 긴장을 조절하는 일은 쉽지 않았다. 안정감 있는 선을 그리는 데는 오랜 시간이 걸렸다. 마침내 완성된 그림을 다른 애들과 비교해 보는 일이 가장 재미있었다. 똑같은 대상을 보고 그려도 각자 다른 결과물이 나왔다.

골목에 어둠이 내려앉기 시작하자 여기저기 불빛이 켜졌다. 붉고 푸른빛이 빗물에 비쳐 물웅덩이가 일렁이는 것처럼 보였다. 우리는 누가 먼저랄 것도 없이 큰길로 향했다. 다들 말이 없었다. 우리는 수채 물감 팔레트를 물에 헹궈낼 때처럼 색이 번져 어지럽게 풀어지는 골목길을 잘박잘박 걸었다. 골목 어귀를 돌 때 은채가 불쑥 물었다.

"선배는 MBTI가 뭔데요?"

선배가 심드렁하게 대꾸했다.

"그런 거 귀찮은 타입."

"그럼…… ISTJ? 맞죠, 그렇죠? 아닌가?"

나는 피식 웃었다. 그러다 문득 걱정되어 물었다.

"근데 진짜 원래대로 안 돌아오면 어쩌죠?"

"안 돌아오면 또 어때. 있는 그대로 받아주면 되지."

"정원이 삼백 명을요? 헐."

은채가 이마를 짚으며 끙, 하는 소리를 내자 선배가 웃었다.

"한동안 재밌겠네."

은채는 밤눈이 어두워서 내 손을 더 꼭 잡았다. 나는 자신 있는 척 은채를 끌고 있었지만 사실은 선배에게 방향을 의지하고 있었다.

나는 아마 계속 사교성이 부족할 것 같고, 은채와는 또 다투게 될지도 모른다. 하지만 우리의 선은 잘 어우러질 수 있을 것 같다. 서로 다른 색감과 그림체를 격려하면서.

어디선가 여러 개의 오르골이 돌아가는 소리가 꿈결처럼 들려왔다.

█ █ █

"분명히 여기 어디쯤이라고 했는데."

주변을 두리번거리는 아이 앞으로 킥보드 한 대가 멈춰섰다.

"곤란에 빠진 거야?"

"저 들어서 알아요. MBTI 바꾸라고요?"

"MBTI가 뭔데? 여기는 DISC를 실험하는 곳이야."

"그게 뭔데요?

"우산을 빌려줄 수도 있어."

여자가 싱긋 웃었다.

· 최하나 ·

# E & I

# 클럽

# 1

"저, 연락받고 왔는데요."

키가 껑충하게 큰 한 여자가 경찰서 안으로 들어오며 조심스럽게 말했다. 그녀를 가만히 쳐다보던 형사는 알은체하며 손으로 가리켰다.

"네. 안녕하세요. 성민철입니다. 저 여기는……."

소개가 더 이어지기도 전에 그녀는 어색한 분위기를 감지하고는 천천히 고개를 돌려 앉아있던 두 사람을 바라봤다. 고개를 들지 못한 채 손을 가만히 모으고 앉아있는 교복을 입은 여학생과 그 옆에 머리를 하나로 묶고 안절부절 못한 채 어깨에 팔을 두르고 있는 나이 든 여자가 보였다.

"안녕하세요. 제가 예지 엄마예요. 보호자."

"아⋯⋯. 네."

제나는 순간 인사를 건네야 할지 말지 고민하다가 고개를 살짝 숙여 인사를 건넸다.

"예지야. 너도 빨리 인사해."

여자가 다그치자 학생은 그제야 고개를 들어 꾸벅 인사를 해 보이고는 바로 고개를 떨궜다.

"아무래도 이쪽이 미성년자이다 보니까 보호자 없이는 이야기할 수가 없어서 모셨어요."

"아⋯⋯. 네⋯⋯."

제나로서는 이런 만남이 어색한 게 사실이었다. 프리랜서 아나운서로 일하다가 유튜브 채널을 운영한 지 이제 만 일 년. 카메라 앞에 서는 것은 원래 하던 일이었지만 불특정 다수가 보는 동영상 플랫폼은 아직도 낯설기 짝이 없었다. 하지만 'MBTI'를 소재로 한 영상이 알고리즘의 선택을 받으면서 하루아침에 10만 구독자가 생겼고, 그 후로는 아예 〈MBTI 월드〉로 채널명까지 바꿔 전업 유튜버가 되었다. 덕분에 간간이 알아보는 사람들도 생겼고 댓글도 제법 달리는 유명인이 된 터였다. 하지만 한 달 전부터 영상마다 달리는 악플 때문에 잠 못 들고 밤을 새우는 일이 많아졌고 그 때문에 신경정신과에서 약을 처방받아 간신히 주 1회 업로드만을 하고 있는 상태였다. 이제는 프리랜서 아나운서 일을 그만둔 터라 제나에게는 유튜브 채널이 유일한 밥줄이었다. 고작 악플 때문에 그만둘 수 없다고, 신경 쓸 필요 없다고 참고 참다가 악플러를 고소했다. 그리고 보름 만에 신상 파악이 되었다며 경찰서로 나와 만나보겠냐는 말에 경찰서를 찾았다. 하지만 자신을 괴롭힌 악플러가 이렇게 어린 여학생인 줄은 상상도 못 한 터라 기가 찬 나머지 어떻게 해야 할지 몰랐던 거였다.

"저……. 선생님 염치 불고하고 저희 딸이 아직 어려서 뭘 잘 몰라서 실수한 것 같은데 한 번만 봐주시면 안 될까요? 제가 일 때문에 바빠서 제대로 챙기지 못한 게 죕니다. 선처 부탁드립니다."

간곡하게 비는 보호자 때문에 제나는 마음이 흔들렸다. 사실 오기 전에는 쉽게 용서해줄 생각은 없었다. 괘씸죄에다가 본업에 지장을 준 죄까지 물어 못해도 100만 원에 자필 사과문까지 받아낼 생각이었고, 그마저도 태도가 불량하면 그냥 벌금형을 맞도록 내버려 둘 참이었다. 하지만 보호자가 두 손 모아 비는 바람에 마음이 약해졌다.

"예지야, 너도 잘못했다고 말씀드려야지. 너 때문에 선생님이 고생하셨잖아. 얼마나 힘드셨겠어. 응?"

소녀의 팔뚝을 찌르며 사과를 종용하는 모습을 보기가 힘들어 제나는 고개를 반대쪽으로 돌렸다. 한 손을 들어 지끈거리는 이마를 만지며 호흡을 골랐다. 그때였다. 당황스러운 울음이 터져 나와 경찰서 안을 가득 채운 게.

"죄……. 죄송해요……. 일부러 나쁜 맘으로 그런 건……. 끅끅……."

소녀의 얼굴은 눈물, 콧물 범벅이 되어있었다. 어찌나 서글프게 우는지 어깨가 크게 들썩이고 발음마저 불분명했다. 제나는 일단 그치라는 시늉을 했다.

"저, 학생……. 나 솔직히 여기 오기 전에 화가 많이 났었어. 어떻게 하는지 보고 용서해줄지 말지 결정하러 온 건데……. 일단 그만 울어."

"죄송……해요……. 진짜 사정이 있었어요……. 죄송합

니다. 끅끅."

제나가 말리는 데도 불구하고 소녀는 얼굴을 파묻고 오열했다. 당황한 형사와 보호자 그리고 제나는 서로 시선을 교환하며 어떻게 해야 할지 의견을 나눴다.

"저……. 그럼 학생. 진정하고 왜 그랬는지 무슨 사연이 있었는지 이야기 좀 해줄래요? 그 사정이 뭔지 좀 듣고 싶어. 근데 지금 이 상태로는 무슨 말인지 못 알아듣겠거든? 저쪽 휴게실로 가요."

형사가 자리에서 일어나자 제나는 괜찮다는 표시를 하고 둘이서만 가겠다는 시늉을 해 보였다.

"저기, 미성년자는 보호자를 꼭 동반해야 해요. 그게 어떤 사정이라도……."

"그럼 제가 문 앞까지 따라갈 테니까 안에서 편하게 이야기하세요. 저는 괜찮습니다."

소녀의 엄마가 벌떡 일어나 아이의 손을 잡아끌고 제나를 따라 복도로 빠져나갔다 그리고 휴게실로 가 아이를 들여보낸 뒤 자판기 커피를 뽑아 테이블 위에 올려놓고 다시 한번 고개를 숙이고 문을 닫았다. 제나는 이제 엉망이 된 몰골로 맞은편에 앉아 머리를 길게 늘어뜨린 채 고개조차 들지 못하는 아이와 독대하게 되었다. 그녀는 옆에 놓인 각 티슈에서 휴지를 한 장 뽑아 건네고 코 풀라는 시늉을 해 보였다. 그래야 무슨 말을 하는지 좀 똑똑히 들을 수 있을 것만 같아서였다.

"큼."

코를 한 차례 풀고 난 뒤 아이는 조금 진정이 된 듯했다. 제나는 말을 계속해 보라며 손짓했다.

"그게……. 제가 MBTI 때문에 친구랑 멀어졌거든요. 정확히는 친구를 잃었어요. 끄흐흐흑."

소녀는 눈물을 끝없이 흘리면서도 말을 이어가려 애썼고 제나는 맞은편에서 그 이야기를 인내심 있게 듣기 시작했다.

넉 달 전

신형 고등학교 개학일. 신도시에 새로 생긴 학교가 처음으로 받는 신입생 등교일이다. 아이들은 두셋씩 짝을 지어 교문으로 들어섰다. 아직은 설렘과 어색함이 반씩 공존하는 분위기다. 그 와중에 예지는 아이팟으로 노래를 들으며 조용히 1-3반 교실로 들어섰다. 아는 얼굴이 없을 거라는 걸 진즉에 알고 있던 터라 뒤편 빈자리에 앉아 고개를 숙인 채 스마트폰에 집중했다.

"자……. 다들 왔나?"

잠시 후 단발머리에 굵게 파마를 한 여자 선생님이 교실 안으로 들어오고 아이들은 이내 고개를 들어 집중하기 시작했다.

"첫날이라 이렇게 말 잘 듣지? 너희 좀 지나면 징그럽게 말 안 들으려고?"

서글서글한 인상으로 웃으며 말을 건네는 담임 장연수 선생님 덕분에 어색한 분위기는 점차 사그라들었다. 교사 생활 10년 차지만 졸업생이 없는 새 학교로 오게 된 터라 그녀에게도 이 학교는 초임 시절처럼 낯설기만 했다.

"중학생 때까지야 펑펑 놀다가 시험 때만 바짝 해도 상관없지. 근데 이제 아닌 거 알지? 수능은 그렇게 만만하지 않아. 3학년 돼서 그때 발등에 불 떨어진 것처럼 공부해서는 소용없거든."

맨 뒷자리에 앉아 선생님 말씀에 귀를 기울이던 예지의 눈에 익숙한 뒷모습이 들어왔다. 첫날임에도 불구하고 어색한 기운 하나 없이 고개를 부지런히 좌우로 돌리며 잡담하는 아이, 중학교 2학년 때 같은 반이었던 승아였다.

'웬일!'

사실 예지는 아는 사람이 아무도 없을 줄 알았다. 그도 그럴 것이 졸업한 중학교에서 버스로 30분이나 걸리기 때문에 같은 반 친구 중에는 신형 고등학교에 지원한 아이가 없었다. 대중교통만 이용했다 하면 심하게 멀미하는 버릇을 고치겠다고 엄마가 우겨서 보낸 학교. 그 때문에 불만이 이만저만 아니었지만, 자신의 속내를 시원하게 내비치는 성격이 아니었기에 그냥 그 말을 따라 진학한 거였다. 하지만 아는 이가 아무도 없는 곳에서 다시 처음부터 시작해야 한다는 게 큰 스트레스였던 터라 익숙한 얼굴을 만난 것만으로도 벌써 큰 위안이 되는 듯했다.

"야! 너 신형이었어? 완전 반갑다. 우리 반에서 아무도 안 와서……. 딱 전교에서 다섯 명인가 왔다던데? 네가 우리 반이야? 잘 지내보자!"

주변을 어슬렁거렸을 뿐인데, 예지를 발견한 승아는 자리에서 벌떡 일어나 손을 맞잡고 반가운 티를 내며 말을 걸어왔다.

"어……. 반가워."

예지는 살짝 발그레해진 볼로 조용히 인사를 건넸다.

"너, 자리 어디야?"

"저기."

"그래 이따가 점심 같이 먹자! 또 여기가 새 학교니까 얼마나 급식이 맛있겠어. 난 벌써 점심시간만 기다린다구우! 어머, 야!!"

말을 채 끝내기도 전에 레이더망에 다른 친구가 들어왔는지 승아는 급하게 달려가 버렸다. 하지만 예지는 웃음이 슬그머니 번지는 걸 숨길 수 없었다.

'점심 혼자서 안 먹어도 되겠다.'

그렇게 예지는 자리로 돌아와 다음 수업을 준비했다.


"이거 더 주심 안 돼요? 저 비엔나소시지 완전 좋아해요."

"감사합니다."

승아는 어색한 기운 없이 급식 어머니께 애교를 피우며 반찬을 얻어내고 예지는 묵묵히 그 옆을 따랐다.

"저, 너희 집은……."

"야! 너 왜 거깄어. 이리로 와~. 여기 앉아. 여기 세 자리 있어."

예지가 말을 꺼내기가 무섭게 승아는 식판을 들고 서 있는 세 아이에게 손을 흔들며 말을 걸었다.

"알았어~. 갈게."

예지는 고개를 돌려 얼굴을 확인했는데 안면이 전혀 없는 아이들이었다. 밥을 떠 입에 넣고는 승아가 소개해주기를 기다렸다.

"쟤네 우리 아파트 독서 모임 하는 애들. 와 여기 온 줄 몰랐는데. 우리 다 같이 친하게 지내면 좋겠다. 엄청 재밌을 거 같아."

잠시 후 자리로 온 세 아이는 급식 판을 놓기 무섭게 예지에게 말을 걸었다.

"어, 안녕~. 나 효정이야. 이효정. 너, 이름이?"

"얘 나랑 같은 초등학교 이예지."

"어~. 나는 미나야. 정미나."

"아, 그래서 둘이 아는 사이구나. 나 너 신형 오는 줄 꿈에도 몰랐다."

"우리가 뭐 그런 얘기나 했냐? 예지라고 했지? 나는 유아."

"나도 고민하다가 지원한 거야. 엄마도 여기 분위기 좋을 것 같다고 하시고."

"나는 여기 교복 예뻐서. 그리고 선배도 없잖아. 크크크."

어느덧 넷은 자연스럽게 이야기를 주고받고 예지는 들으며 묵묵히 밥을 먹었다.

"예지야. 너 MBTI가 뭐야?"

"나?"

"아냐, 아냐. 내가 맞춰볼게. 음……. E는 아닐 것 같고……."

"야. 그걸 어떻게 알아? E일 수도 있지!"

"아니야. 내 친구 중에 얘랑 비슷한 느낌인 애가 있거든. I야. 확신의 I상."

"확신의 I상은 뭔데?"

"아, 뭔지 알겠다. 근데 처음이라 그런 걸 수도 있잖아. 내가 조용한 것처럼. 크흐흐."

"미쳤냐? 네가 뭘 조용해. 네가 조용하면 전교생이 다 조용한 거겠다."

예지는 낄 틈을 찾지 못하고 눈동자만 또르르 굴리며 어느덧 숟가락질도 멈춘 채 아이들의 동태를 살폈다.

"야. 물어봐 놓고 너희끼리 떠드냐? 배려 없는 것들아!"

그때 승아의 옆자리에 앉은 효정이 기회를 줬다. 그걸 놓치면 다시 말할 타이밍을 찾기 어려울 것 같아 예지는 얼른 답을 했다.

"I 맞아. ISFP."

"내 말 맞지? 그치? 딱 맞혔다니까."

"유아 너는 뭔데? 내가 맞춰볼까? 확신의 정신없음, E상이다. 맞지?"

"그건 누가 봐도 너무 쉽지."

"나 ESFP."

"엇! 나돈데."

"난 ENFJ."

예지에게 기회를 준 효정이 불쑥 답했다.

"나는 ENFP."

그리고 마지막으로 승아가 자신의 MBTI를 밝히자 예지를 뺀 나머지 아이들이 낄낄대며 웃기 시작했다.

"그러고 보니 여기 다 E네?"

"아니지. 애는 아니잖아."

"지예라고 했었나?"

"예지! 지예 아니고 예지!"

어느새 신나서 떠드는 아이들 사이에서 기가 빠진 예지는 고개를 끄덕여 보이고는 조용히 식사에만 집중했다. 점심시간이 끝나고 어느덧 나머지 아이들은 팔짱은 끼고 달리기 시작했다. 한 아이가 돌아보며 예지에게 빨리 따라와 끼라고 외치기 전까지 혼자 뒤처져 그 모습을 물끄러미 바라보고 있었다.

# 2

"야 ISTJ!"

"ENFP는 꺼지라고. 응? 진중한 I끼리 이야기하잖아."

며칠이 지나자 교실에는 온통 MBTI 이야기뿐이었다. 신기하게도 예지네 1학년 3반은 절대적으로 E의 비중이 높았다. 거의 8:2 정도랄까? 덕분에 쉬는 시간에도 교실은 북적북적 시끄러웠다. 다른 반 아이들까지 1학년 3반을 찾아와 발 디딜 틈이 없었다. 교실 뒤편에 선생님이 정성스레 붙여놓은 '다른 반 학생 출입 금지'는 유명무실한 경고가 되어버렸다.

"너희도 이 반이야?"

"아니요. 지금 가려고요."

"여긴 왜 이렇게 정신이 없어."

"인싸들만 모여서 그래요. 선생님!"

영어 선생님이 3반을 찾았다가 학급 인원보다 훨씬 많은 아이를 돌려보내고 수업을 시작하느라 십 분 넘게 허비하는 일도 있었다. 어느덧 전교에 1학년 3반은 학급 분위기는 다소 산만하지만, 호응이 좋고 밝은 것으로 소문이 났다. 그리고 그런 분위기에 적응하지 못하는 건 예지뿐인 듯했다.

"저기, 여기 내 자린데……."

"아. 그래? 잠깐만 딴 데 앉아 있음 안 돼?"

"아니 뭐……. 안 될 건 없지."

자기 자리를 차지한 다른 반 아이 때문에 빈자리에 앉아 수업이 시작하길 기다린 적도 있었다. 예지는 불만이 차오르는 것 같았지만 참기로 했다. 그때마다 말하는 게 귀찮기도 했다.


"예지! 너 이번 주 토요일에 뭐 해?"

“토요일? 뭐 없을 건데.”

“우리 축구 보러 가자!”

“축구? 웬 축구?”

“아니. 승아 삼촌이 축구선수잖아.”

“아, 그래?”

“조규성 닮았어. 완전 잘생겼어. 지난번에 유니폼도 벗어서 주고 떡볶이 사 먹으라고 승아한테 용돈도 줬잖아.”

“덕분에 잘 먹었지. 암.”

“그래?”

“이번에 원정경기로 오는 거라 흔한 기회가 아니야. 전주에서 인천까지 오는 게 일 년에 몇 번 있을까 말까인데. 그나마도 주말에 딱 걸리는 것도 드물어서. 갈 거지? 갈 거지? 간다고 생각하고 있겠음!”

“아, 그래. 뭐……”

축구에 그다지 흥미가 없는 예지지만 같이 가보는 것도 나쁘진 않겠다는 생각이 들었다. 필요한 게 따로 있냐고 물어보려다가 이미 신나서 다른 세 친구와 어깨동무하고 방방 뛰는 승아의 모습에 입을 다물었다.

'이번 주 토요일. 그래. 뭐 한번 가보자고.'


그리고 돌아온 주말. 다섯 아이는 축구장 바로 앞 역에서 만나기로 했다. 경기 시작 한 시간 전이지만 사람들로 인산인해를 이뤘다. 멀뚱히 서 있는 예지에게 다가와 싸게 입장권을 주겠다며 말을 거는 사람도 있었고, 수십 명이 단체로 초록색 유니폼에 머플러까지 맞춰 입고 정체 모를 구호를 외치기도 했다.

'정신없네……'

예지는 어느덧 아이팟을 꺼내 이어폰으로 두 귀를 막고 역을 등진 채 계단에 걸터앉아 자신만의 세계로 빠져들었다. 그때였다. 누군가 뒤에서 등을 세게 내려쳤다. 깜짝 놀란 예지가 고개를 돌리자 아이들 셋이 낄낄댔다.

"우리 오는지 몰랐지?"

"저기서 딱 보고 넌 줄 알았잖아."

"여기서 가만히 앉아 뭐 해?"

"아……. 아니. 그냥 일찍 와서."

"여기 분위기 장난 아니지?"

"먹을 거 사 올까 하다가 매점에서 사 먹으려고 그냥 왔어."

"또 이런 데서 먹는 라면이 그렇게 맛있잖아?"

"많이 와 봤어?"

"승아랑 작년에 몇 번 왔지."

"근데 승아 얘 아직 안 왔어? 입장권 없는데……."

"아, 승아가 가져올 거야. 걱정하지 마셔. 무슨 쓸데없는 걱정?"

"그치?"

효정이와 유아 그리고 미나는 뭐가 그리 신나는지 큰 소리로 역이 떠나가라 수다를 떨고 있었다. 예지는 그 대화에 적극적으로 끼지는 못하고 한쪽 이어폰을 뺀 채 듣고 있었다. 아직 셋과 덜 친해진 탓도 있고, 성격이 다른 탓도 있었다. 예지는 빨리 승아가 오기를 바랐다. 그때 그 마음을 알아주듯 저 멀리서 손을 좌우로 크게 흔들면서 승아가 등장했다.

"야! 등장이요!"

"너 늦었어."

"원래 주인공은 늦게 오는 법이지. 캬캬."

"네가 무슨 주인공이야."

"표는?"

"다 챙겼지."

"야, 빨리 가자. 엇! 예지 언제 왔어?"

"쟤가 제일 빨리 왔어."

"그래? 얼른 가자. 들어가자고."

"처음 왔다고 하니까 예지는 내가 챙길게."

그때 ENFJ인 효정이 나서서 팔짱을 꼈다. 그렇게 다섯 아이들은 파란불이 켜진 건널목을 질주하듯 건너 축구장 안으로 들어섰다.


"사람이 원래 이렇게 많아?"

빈자리가 없을 정도로 빽빽한 관중을 보고 드디어 예지가 한마디 했다. 축구장의 세 면은 파란색 물결로, 한 면은 초록색 물결로 장관을 이뤘다.

"보통 이렇게까지는 아닌데 오늘이 개막식이어서 더 그렇지. 그리고 빅 매치이기도 하고."

"근데 우리는 먹으러 오는 거야. 우리도 잘 몰라. 그냥 편하게 보면 돼."

"그래, 빨리 컵라면부터 받아오자. 지금도 줄 장난 아니야."

유아가 재촉하는 탓에 세 아이가 달려갔고 예지는 거기에 껴야 할지 말아야 할지 망설이다가 결국 타이밍을 놓친 채로 자리에 앉았다.

'그냥 카톡으로 내 것도 사다 달라고 하지 뭐. 아니야. 보고 알아서 챙겨오든지 하겠지.'

예지는 그 자리에 앉아 경기 전 행사를 구경했다. 마스코트인 두루미가 나와 춤을 추고 또래의 아이들이 유니폼을 맞춰 입고 사진을 찍었다.

"자, 그럼 개막 경기 이제 곧 시작하겠습니다. 파검의 전사들 입장!"

웅장한 노래가 흘러나오는데 아이들은 아직도 도착하지 않았다.

"저, 혹시 여기 빈자리예요?"

"아뇨……. 있어요. 사람."

몇 번이나 자리를 찾는 사람들이 와서 문자 예지는 자신도 모르게 머쓱해졌다. 무릎에 얹고 있던 가방을 옆에 내려놓았지만 물밀듯이 밀려드는 사람들 덕에 진땀이 나기 시작했다. 급기야 볼멘소리까지 이어지고 도저히 막을 수 없을 것 같아 전화를 걸었지만, 아이들은 받지 않았다.

"저기요. 여기 일행 있는 거 맞아요? 지금 자리 맡기 하고 그럼 안 돼요. 누군 몰라서 안 하나……."

"거기 학생 좀 앉아요. 앉아."

우왕좌왕하던 예지는 결국 죄송하다고 말하고 자리에 앉았지만, 여전히 좌불안석이었다. 그때 말릴 새도 없이 누군가 비어있는 맨 끝자리에 턱 앉아버렸다.

"저……. 저……."

예지의 작은 목소리는 킥오프를 알리는 소리에 묻혀버렸다. 양손을 머리에 얹은 채 당황해 어쩔 줄 몰라 하고 있는데 그제야 아이들이 상자에 김이 폴폴 나는 컵라면을 담아서 돌아왔다. 미나와 승아는 이미 컵라면을 든 채로 먹고 있었다.

"벌써 시작했어. 빨리 앉아. 빨리~."

"어, 근데 내 자리는?"

효정과 유아 그리고 미나까지 안쪽 자리에 앉고 나니 승아 자리가 없었다. 당황한 예지는 없는 사이 자리를 뺏겼다는 이야기를 간신히 하고 자리에서 일어나 양보하려 했다. 그러자 승아는 손을 내저으며 바로 옆 계단에 쪼그려 앉았다.

"괜찮아, 괜찮아. 여기 앉으면 돼. 원래 이러고 자주 먹어. 신경 쓰지 마세요."

그런 승아에게 괜스레 화도 나면서 미안했다. 예지가 그 자리를 지키려 얼마나 애를 썼는지 모르는 것 같다는 사실에 또 그런데도 싫은 내색하지 않는 모습에 말이다. 그 후의 경기는 1:1로 팽팽한 접전을 이어갔고 하프타임이 되자 사람들이 화장실로 가는 바람에 빈자리가 생겼다.

"야. 우리 후반전은 여기 말고 저기 가서 보면 안 돼? 여기 재미 별로 없어. 저기 재밌을 거 같은데."

그때 효정이 단체로 유니폼을 맞춰 입고 서서 응원하는 원정석을 가리켰다.

"나도 아까부터 저기서 무슨 노래 부르나 궁금했는데."

"그래 저기 가서 보자. 경기는 역시 응원이 제맛이지."

"저쪽?"

하지만 예지는 못내 내키지 않았다. 여기서도 얼마나 우여곡절이 많았는가. 하지만 친구들의 등쌀에 떠밀려 결국 하프타임에 응원석으로 건너갈 수밖에 없었다. 꽹과리와 북을 치며 선창하는 사람들 뒤에 앉아 아이들도 함께 소리를 지르고 고함쳤다. 영 어색해하던 예지도 조금씩 적응이 되는 듯했다. 하지만 계속 서 있으니 다리가 아파 결국 슬그머니 자리에 앉을 수밖에 없었다. 응원하랴 경기 보랴 바쁜 와중에 서서 뛰기까지 하는 친구들 눈치까지 살폈다. 응원석에 가만히 앉아있는 사람은 예지 하나뿐이었으니까 말이다.

"퍽!!"

그때 인천 팀의 마지막 슈팅이 골대를 넘어 응원석으로 날아들었다. 깜짝 놀란 예지가 정신을 차리고 주위를 살피자 선 채로 열렬히 응원하던 승아가 얼굴을 감싸 쥔 채 앉아있었다.

"괜찮아? 맞았어?"

"아, 아니야……. 그냥 놀라서……. 수술 한 번 했었거든. 눈 쪽을 조심해야 해서."

어느덧 경기는 2:2로 끝이 났다. 승아는 어딘가로 전화를 걸더니 아이들에게 내려가자는 시늉을 했다.

"야! 가자."

"어딜?"

"당연히 얘네 삼촌 보러 가야지. 사인도 받고 사진 찍어야지. 뭐해, 빨리 가자. 자리 잡자고."

"아……. 그래……."

얼굴도 모르는 승아의 삼촌을 만나기 위해 다시 또 뛰고 달려야 한다는 게 마음에 걸렸지만, 예지는 내색하지 않았다. 그렇게 친구들에게 이끌려 지하 주차장까지 내려가니 자신과 같은 소녀들 무리와 나이 지긋한 어른들이 몇명 모여 있었다.

"삼촌~. 진경호!"

"승아 삼촌~!"

그때였다. 옷을 갈아입고 한 손에 스마트폰을 든 남자가 모습을 드러내자 아이들이 소리를 치기 시작했다. 번들

번들해진 얼굴과 촉촉한 머리 때문에 방금 막 씻고 나왔다는 티가 났다. 180센티미터는 훌쩍 넘어 보이는 키에 스포츠형 머리를 한 승아의 삼촌인 진경호 선수는 제법 훈남인 티가 났다. 가늘게 찢어진 눈과 운동선수 같지 않은 하얀 피부가 약간 날카로우면서도 차가운 느낌을 풍겼다.

"왔어? 그렇지 않아도 고모가 연락했더라."

"저희 사진 찍어요."

"저도!"

아이들은 제지하는 경호원을 밀치고 달려가 팔짱을 끼고 다정한 자세를 취하며 사진을 찍었다. 예지는 감히 끼지 못하고 멀찌감치 지켜보다 자신을 부르는 효정이 덕분에 함께 셀카를 찍을 수 있었다.

"그래, 승아랑 잘 지내고 담에 또 보자."

"네!"

"조규성 선수한테 사랑한다고 전해주세요~!"

동료 선수에게 사랑 고백을 전해달라는 말에 웃음이 터진 승아의 삼촌은 고개를 절레절레 흔들며 버스에 올라타고 사라졌다.

"야. 대박."

"승아 삼촌 멋있지?"

"어? 어. 그러네. 멋있다."

"야! 반응이 그게 뭐야. 나도 저런 삼촌 있으면 소원이 없겠다."

"삼촌이 뭐야. 삼촌의 삼촌이라도 있었음 좋겠다. 승아 부러워 죽겠어!"

셋은 호들갑을 떨며 사진을 돌려보고 승아는 의기양양한 표정으로 그런 아이들을 바라보더니 한턱내겠다며 다시 잡아끌기 시작했다. 하지만 예지는 이미 기운이 다 빠진 상태였다. 가만히 조용히 있을 시간이 필요했다.

'나는 그냥 갔으면 좋겠는데⋯⋯. 뭐라고 말하지?'

예지는 머리를 굴리다 그럴듯한 핑계를 찾지 못하고 결국 사실대로 말해버렸다.

"저⋯⋯. 나, 가봐야 할 것 같은데⋯⋯. 어쩌지?"

"야, 떡볶이 먹고 가지~."

"그래. 잠깐만 있다가 가."

예지는 다시 곤란한 상황에 빠졌다. 그때 효정이 다시

나섰다.

"간다고 하잖아. 담에 같이 먹고 우리끼리 가자. 예지야. 월요일에 봐."

효정은 아이들을 몰고 사라지며 윙크했다. 예지는 그제야 안도의 한숨을 내쉬었다. 재빨리 아이팟을 꺼내 이어폰을 꽂고 집으로 향했다. 그날 예지는 평소보다 일찍 침대에 누웠다. 어마어마한 세계를 엿본 것 같다는 생각이 들었다.

'생각보다 좋았지만, 왠지 피곤해.'

그렇게 스마트폰 메모장에 짧은 노트를 남기고 잠들었다.

# 3

'오늘도 늦으면 안 되는데.'

새 학기가 시작된 지도 벌써 보름이 다 되었다. 낯설기만 했던 새로운 학교에서의 일과도 익숙해지고 새로운 친구들과도 이제 어느 정도 안면이 트였다 싶으니 예지의 고질병이 다시 튀어나오기 시작했다. 그건 바로 잠이 많아 깨우지 않으면 열 시간도 넘게 내리 자는 습관이었다. 고등학교는 먼 곳으로 배정받았으니 중학교 때보다 더 일찍 일어나 학교 갈 준비를 해야 한다. 하지만 그놈의 5분만 더, 5분만 더 하는 버릇은 사라지지 않았다. 부모님께서는 출근하시고, 혼자 알람에 맞춰 일어나다 보니 자꾸만 중지

버튼을 누르고 다시 잠 속으로 빠져들곤 하는 것이다. 이번만은 늦지 않겠다고, 제시간에 일어나겠다고 마음먹고 다섯 개가 넘는 알람 시간을 설정했지만, 결과는 똑같았다. 단골 지각생 명단에 슬슬 이름을 올리는 예지다.

"또야? 아니지? 설마 새 학기부터 기합 다 빠져서 슬슬 지각이나 하고 그런 건 아니지?"

비꼬는 게 일품인 당번과 주임 선생님이 예지와 같은 아이들을 운동장 한편에 세워두고 일장 연설을 하기 시작했다. 고개를 푹 숙인 채 눈에 띄지 않으려 노력하지만 이미 반쯤은 찍힌 듯했다.

'아, 나 이렇게 기억되는 거 싫은데……'

어딜 가나 눈에 띄는 게 죽기보다 싫은 예지는 다시는 지각하지 않겠다고 지키지 못할 약속을 되뇌었다.

"야! 왔어?"

예지가 뒷문을 열고 들어서자 유튜브 쇼츠를 보고 있던 유아와 효정이 고개를 반쯤 돌린 채 손을 들어 아는 척했고, 승아는 다가와 예지를 꼭 안으며 물었다.

"또 지각이심?"

"아니, 그게⋯⋯."

"으이그!"

승아는 예지의 볼을 힘껏 꼬집었고 그때 뒷문이 다시 열리며 반장이 나타났다.

"이제 스마트폰 내래."

"아이, 요거 조금만 더 보면 되는데."

"아, 몰라. 내가 그랬어? 이따 봐. 이따 보면 되잖아."

스마트폰 걷기는 반장이 제일 하기 싫어하는 일 중 하나였다. 자신이 먼저 솔선수범해야 하는 것은 물론이고 매번 볼멘소리를 들어야 하니 곤혹스럽기 때문이다. 반장은 그 때문에 조회 시간 전이면 날이 서 있었다. 그 사실을 알고 있는 효정은 얼른 일어나 반장 곁으로 다가가 어깨를 토닥이며 한마디 거들었다.

"야! 좀 도와줘. 어차피 낼 거 빨리 내."

그 말과 동시에 효정은 제일 먼저 스마트폰을 빈자리에 꽂아 넣고 툭툭 치며 보라는 듯 행동했다. 그제야 하나둘 스마트폰을 가지고 나왔고, 반장의 굳은 얼굴이 풀어졌다.


"예지! 예지! 이따가 시간 돼?"

"이따가? 별일 없긴 한데."

"잘됐다. 그럼, 나랑 단둘이 팝업 콘서트 가자."

"팝업 콘서트?"

"그 왜 이번에 IM.NET에서 새로 한 프로그램 있잖아. 그 서바이벌 댄스 컴피티션. 나 거기 콘서트 응모했는데 당첨됐어! 이건 딱 50명만 뽑는 거라 완전 귀한 거라고."

"아, 그래? 나는 그 프로그램 안 봤는데……. 가지 뭐. 근데 우리 둘만?"

예지는 조심스레 말을 뱉었다.

"응! 우리 둘만. 효정이랑 유아는 학원가고 그래서……. 그리고 우리 둘이 데이트하는 것도 나쁘지 않잖아?"

그 말을 하며 승아는 윙크를 해 보였다. 예지는 고개를 끄덕여 대답하고 배시시 웃으며 돌아앉았다. 콘서트에서 어떤 일이 벌어질지는 상상도 못 한 채.

"완전 재밌겠지?"

택시가 허허벌판과 같은 곳에 승아와 예지를 내려놓고 돌아갔다. 컨테이너 열 동 정도가 흙바닥에 세워져 있는데 가장 안쪽의 컨테이너는 흡사 열 개를 합친 것과 같은 크기로 가장 컸다. 예지는 살풍경한 모습을 보고 고개를 갸웃거렸다.

"우리 잘못 온 건가?"

"아니야. 여기 맞아. 의심이 들면 맞게 잘 온 거라고 그랬어. 블로그에서 봤어."

"아, 그래?"

"응. 맞아. 맞을 거야. 맞다고."

"근데 왜 우리밖에 없지?"

"안쪽에 있는 거 아닐까? 나 사실 막 엄청 검색해본 건 아닌데……. 잠깐만."

그제야 승아는 스마트폰을 꺼내 포털 사이트에 팝업 콘서트라는 검색어를 입력하고 페이지를 급하게 훑어보기 시작했다.

"뭐 별일이야 있겠어."

그 옆에서 예지는 채근하지 않고 진득하게 기다려주었고 이내 표정이 밝아진 승아는 예지의 손을 잡아끌고 확신이라도 한 듯 안쪽으로 마구 달리기 시작했다. 가장 큰 컨테이너로 발을 들인 순간, 밖과는 완전히 다른 내부를 보고는 둘은 눈이 휘둥그레져 설 수밖에 없었다. 중앙에 놓인 무대와 그 옆으로 세팅된 원형 좌석 그리고 중앙의 스탠딩석까지 다른 콘서트장과 같은 모습이었다. 게다가 대기 줄 양쪽으로 세팅된 다과까지. 둘은 서로를 마주 보며 만족의 웃음을 터뜨렸다.

"이건 여기서 드실 수 없고요. 챙겨 가시면 돼요."

스태프 명패를 한 키가 큰 여자가 승아의 이름과 당첨 문자를 확인하더니 협찬사에서 제공한 것이라고 덧붙이며 꾸러미를 가져가라는 표시를 했다.

"완전 대박!"

"따라오길 잘했지? 이 언니한테 고맙다고 해. 알았지?"

"네. 고맙습니다."

"언니는 왜 빼냐?"

둘은 가방을 앞으로 둘러메고 앞에서 세 번째 줄에 섰

다. 때마침 리허설을 하기 위해 무대 위로 휘황찬란한 의상을 차려입고 두건이며 모자로 얼굴을 꾸미고 가린 댄서들이 올라섰다.

"저기 저 사람! 내가 응원하는 사람! 나중에 결승 가면 투표하려고."

"아, 그래?"

"잘생겼지? 완전 춤도 잘 춰. 서울에서 수업도 한다는데 그거 들으려면 열심히 돈 모아야 해."

"그래. 축하해."

"야! 너 무슨 로봇이냐? 완전 AI인 줄."

"아냐. 잘해보라고."

그리고 이내 대화가 불가능할 정도로 큰 소리의 음악이 흘러나오고 몇 팀이 돌아가며 무대에서 리허설을 했다. 30분 정도 지났을까? 그제야 조명이 꺼지고 큐시트를 든 한 남자가 위로 올라가 말하기 시작했다.

"많이 기다리셨죠?"

"네에!"

"너무 정직하시다. 아니라고 할 줄 알고 다음 멘트 생각했는데."

능글맞은 MC는 처져있던 분위기를 띄우기 위해 이런저런 이야기를 꺼내며 예지와 승아 또래의 관객을 즐겁게 하려 애썼다.

"말이 너무 길면 또 여기 온 보람이 없을 테니까. 이제 그만하고 바로 본무대로 들어갈 건데, 그 전에 이거 댄스 팝업 콘서트인 건 알고 오신 거죠? 자, 이따가 멤버들 앞에서 둘씩 짝지어 춤추고 배틀할 건데 해볼 친구 있어요?"

"저게 무슨 소리야?"

"아, 저거 별거 아니야. 말이 저래서 그런 건데 그냥 랜덤으로 음악 틀어주면 춤추는 시늉만 하면 되는 거야. 상품도 준대."

"너 설마……. 알고 있었어?"

"어? 내가? 내가? 아니 정확히 알았다기보다 그냥 아무래도 댄스 콘서트니까 이런 건 있을 수도 있겠다고 생각한 거지."

"근데 상품 있는 건 어떻게 알았어?"

"그냥 넘겨짚은 거야. 내가 무슨 점쟁이도 아니고 그런 걸 어떻게 알겠어. 근데 너 저거 나랑 나가볼 생각 없어? 말만 저렇지 진짜 별거 아니야. 그리고 멤버들이랑 아이 컨택도 하고 운 좋으면 셀카 찍어줄지도 몰라."

"아냐, 난 못해."

"아우, 야~ 왜~."

"아냐. 난 못할 것 같아."

"한번 해보자. 그렇게 막 쪽팔리고 그런 거 아니라니까. 다들 그냥 신경도 안 쓸걸?"

"나는 진짜 못해."

예지는 상상만 해도 끔찍하다는 듯 눈을 가리고 그 자리에 주저앉아 버렸다. 평소와 다른 단호한 모습에 승아는 당황해 앞으로 맨 예지의 가방끈을 잡고 흔들며 설득하려 갖은 애를 썼지만 소용없었다. 결국 다른 다섯 개 조가 호명되었고, 이내 콘서트가 시작되었다. 팝업 콘서트는 콘서트라고는 했지만 팬 미팅과 흡사한 행사였다. 공연은 채 20분도 되지 않았고 바로 프로그램에 나온 안무를 다 같이 따라 하고 배우다가, 마지막에 호명된 다섯 개의 조가 각각의 멤버와 한편이 되어 음악에 맞춰 춤 배틀을 펼친

후 끝이 났다. 도착한 지 두 시간이 지나 승아와 예지는 다시 밖으로 나올 수 있었는데 그들은 서로 조금 떨어져 큰길로 향했다. 불편한 공기만이 둘 사이에 흘렀다. 먼저 손을 내민 건 승아였다.

"야, 삐졌어? 미안해. 근데 결국 춤 안 췄잖아."

"……."

"일부러 속인 거 아니야. 나는 그냥 해도 좋고 안 해도 그만이라는 생각으로 온 거지."

"……."

"이참에 너랑 단둘이 시간도 보내고 길게 이야기도 좀 하고 그럴 목적이었어. 화 풀어. 응?"

"알았어."

예지는 조금 누그러진 표정으로 답했다. 그 말이 끝나기 무섭게 승아는 깊숙이 팔짱을 꼈다. 둘은 택시를 타고 다시 역으로 향했고, 근처 떡볶이집에서 주린 배를 채운 뒤 집으로 돌아갔다.

# 4

승아는 어제 다녀온 팝업 콘서트에 관해 이야기하느라 정신없었다. 해당 서바이벌 프로그램을 한 번이라도 본 적이 있는 아이들을 모아 놓고 직관이 얼마나 좋았는지, 세세하게 하나하나 감상을 늘어놓으며 부러움을 샀다. 함께 다녀온 예지는 그 무리에 끼지 않고 자기 자리에 엎드린 채였다.

"너 무슨 일 있어?"

승아의 이야기를 듣고 자리로 돌아가다 예지를 발견한 효정은 어깨를 톡톡 두드리며 근심스러운 말투로 물었다. 하지만 예지는 대답 대신 그 자세로 도리질 쳤다.

"알았어. 나중에 이야기하자."

효정은 둘이 싸운 거라고 생각하고 더는 이야기하지 않고 따로 물어봐야겠다고 생각하며 자리로 돌아갔다. 하지만 반은 맞고 반은 틀렸다. 예지는 손에 종이를 한 장 꼭 쥐고 엎드린 상태였다. 원하지 않는 자신의 현장 체험 학습 신청서였다.


"예지야, 우리 열흘간 여행가."

"응?"

어젯밤 엄마는 머리를 감고 있던 예지의 등 뒤에 대고 갑작스러운 여행 이야기를 꺼냈다. 출산휴가를 쓰자마자 바로 회사로 복귀해서 줄곧 워킹맘으로 살아왔던 그녀다. 평소 얼굴 보기 힘든 엄마가 여행을 가자고 하자 예지는 그 사실을 받아들이기 힘들었다. 반갑다기보다는 급작스럽다는 생각이 들었고, 무엇보다 따라가고 싶지 않았다.

'이제 막 친해지기 시작했는데……'

"얼마나 힘들게 만든 기횐데. 엄마가 그동안 열심히 일해서 받은 휴가야. 진짜 너희 데리고 가려고 내가 근태를

얼마나 챙긴 건데! 암튼 우리 유럽 갈 거니까 신날 준비나
하셔."

　엄마는 예지의 속도 모르고 행복한 웃음만 흘리며 말을
이어갔다. 예지는 차마 거기에 대고 속내를 이야기할 수
없었다. 입술을 꽉 깨문 채 팔만 비비 꼬았다. 나름 강력한
의사표시라고 한 거지만 엄마는 끝내 그 신호를 읽지 못했
다. 결국, 보호자 사인까지 받아 자기 손으로 원치 않는 현
장 체험 신청서를 제출하게 된 것이다.


　"자, 오늘 종례는 이걸로 마치자."

　"사랑합니다."

　학급 구호이자 인사를 하자마자 아이들은 썰물처럼 빠
져나갔다. 효정과 승아가 멀리 있다가 말을 걸기 위해 다
가오는데 예지는 아이들을 보지 못하고 생각에 잠긴 채 교
무실로 향했다.

　"둘이 뭐 있었어?"

　"아니, 뭐 있었다기보다……. 근데 저렇게 맘 상할 일은
아니었던 것 같은데……. 나도 몰라."

승아는 어제 일을 떠올리며 화해해놓고 다시 삐졌다는 생각에 갑자기 기분이 나빠져 효정을 두고 혼자 가버렸다. 양쪽으로 각자 흩어져버린 아이들의 뒷모습을 어이없다는 표정으로 바라보다 효정도 학교를 빠져나갔다.


"저…… 선생님……."

오 분이 넘게 옆에 서 있었지만 알아차리지 못하고 전산입력에 바쁜 담임 선생님은 그제야 예지가 자신을 찾아왔다는 사실을 깨닫고는 화들짝 놀라 대꾸했다.

"어, 예지야. 무슨 일이야. 무슨 일인데?"

"저, 그게요……."

예지는 설명 대신 현장 체험 학습 신청서를 내밀었다. 담임 선생님을 눈으로 훑어보고 다시 예지의 얼굴을 쳐다보더니 표정을 확 바꾼 채 대답했다.

"야, 좋겠다. 나는 졸업하고서야 유럽 다녀왔는데……. 그것도 선생님 시험 붙고 나서 다녀온 거잖아."

눈웃음을 치며 친근함의 표시로 찡긋해 보이지만 예지는 받아주지 않았다. 대신 고개를 푹 숙여 인사하고 교무실을 빠져나왔다. 예지의 눈가에는 어느덧 속상함에 눈물이 맺히기 시작했다. 그 모습을 누가 볼까 싶어 손등으로 꾹꾹 눌러 담고 발길을 재촉했다. 오늘은 고등학교에 진학한 후 가장 절망스러운 날로 기억될 터였다.


"예지야. 여기 봐~. 하나, 둘, 셋."

엄마와 초등학생인 동생 시후 그리고 예지까지 셋은 여행하는 동안 단 한 번도 다투지 않았다. 하지만 들떠있는 엄마와 시후와는 다르게 시큰둥한 예지였다. 그 때문에 엄마도 폭발하기 일보 직전이었다. 사진 찍기 가장 좋다는 그 유명한 로마의 분수대 앞에서 결국 한 소리 터져 나왔다.

"예지야. 좀 웃어! 내가 뭐 억지로 끌고 왔니?"

장난으로 포장한 가시 돋친 말을 던지고 엄마는 다시 셀카봉을 다잡았다. 하지만 예지는 그냥 그대로 뒤로 돌아버렸다.

"아유, 야. 예지야! 왜! 왜 그러는데! 여행 내내 이게 뭐야. 동생도 있는 데서."

예지는 대답 대신 주먹을 꽉 쥐었다.

"뭐. 엄마는 다 좋은 줄 알아? 엄마도 피곤하고 그런 것도 있지만 너희랑 추억 만드는 게 더 좋아서 이러는 건데 너는 꼭 여행 내내 입이 댓 발 나와 뚜하니 있어야겠어? 꼭?"

엄마는 다가가 돌아선 딸의 어깨를 잡고 살짝 흔들었다. 그 순간 동양인 여자아이의 울음이 트레비 분수대에 퍼지기 시작했다.

"난 좋아서 온 거 아니야! 어어엉……."

그 자리에 주저앉아 무릎을 부여잡고 우는 예지의 행동에 깜짝 놀라 엄마는 몇 초간 정적 상태였다가 사태를 깨닫고는 한 손으로 동생의 손을 잡고, 다른 한 손으로 예지의 어깨를 감싸고 옆에 앉아 달래기 시작했다. 미안하다고, 그런 마음인 줄 몰랐다고, 속내를 이야기해주지 그랬냐고 뒤늦은 사과를 해보지만 한 번 터진 울음은 쉬이 가라앉을 줄 몰랐다. 결국, 엄마는 두 아이를 데리고 그날 일정을 포기하고 숙소로 돌아올 수밖에 없었다. 그리고 그날 밤 긴긴 대화를 이어가야만 했다. 그렇게 유럽 여행의 막이 내리고 있었다.


"우와. 야, 너 그사이에 좀 탔네?"

"여행 완전 부럽다. 재밌었어?"

예지가 돌아오자마자 유럽 여행 때문에 자리를 비웠다는 사실을 안 아이들이 다가와 질문 세례를 퍼붓기 시작했다. 그 와중에 효정도 다가와 부러움을 표시하며 장난을 쳤다.

"우리 선물 안 사 왔어? 에이, 안 사 와도 되는데……. 고맙게 잘 받을게."

"쫌!"

하지만 그 말에 예지의 신경질적인 대답이 돌아오자 교실 안이 갑자기 싸늘한 공기로 가득 찼다.

"야, 뭐 그렇게까지 말을 해?"

주변에 있던 승아가 다가와 효정의 편을 들었다.

"솔직히 그동안 우리도 서운한 거 많았어. 대놓고 말 안 해서 그렇지. 여기서 다 말해버려? 어?"

말을 하며 점점 더 화가 머리끝까지 차오르는 승아를

효정과 유아가 말리기 시작했다. 얼굴이 새빨개진 데다 목소리마저 커서 반 아이들의 이목이 둘에게 집중됐다.

"말해…… 말하라고…… 나는 뭐…… 할 말이 없어서 안 했나?"

"뭐라고?"

"다다다다 제 할 말만 하는 딱 생각 없고 나대는 E스럽다고……."

"야! 너야말로 하나하나 다 챙겨줘야 하고 손 더럽게 많이 가는 I라고. 너 땜에 놀 거 제대로 못 놀고 다들 기분 상한 적 많았어. 그거 알아? 어? 어디 더 말해?"

그때 앞문이 드르륵 하는 소리와 함께 열렸다. 안경을 쓴 국어 선생님이 모습을 드러내자 아이들은 자기 자리로 재빨리 돌아가고 얼굴이 붉으락푸르락해진 승아와 거꾸로 얼굴이 하얗게 질린 예지만이 남았다.

"너희 거기 뭐야? 자리로 안 가?"

둘은 결국 결론을 내지 못한 채 자기 자리로 돌아가 앉았다. 선생님이 교탁을 정리하고 수업을 시작하려고 준비하는 사이 아이들은 목소리를 낮춰 떠들어 댔다.

"무슨 일이래."

"근데 쟤 갑자기 왜 저래? 나 쟤 말하는 것도 거의 못 들
어봤는데……."

"그러게. 뜬금포?"

"성격 장난 아니다."


"얘들아. 미안, 너희들이 들으면 안 좋아할 소식 같지만
좋아할 수도 있는 소식 가져왔다."

"에이~."

종례 시간, 담임 선생님의 폭탄 발언에 아이들의 야유가
쏟아졌다. 선생님은 다소 난감하다는 표정으로 말을 이어
갔다.

"우리 급식소 공사를 해야 해서 당분간 급식이 없어, 얘
들아."

"네?"

"좀 더 자세히 설명하자면 급식 먹는 환경을 개선하고
좀 더 낫게……."

"에이~."

"끝까지 들어봐. 솔직히 밥 먹는 공간도 좁고 배식하는 곳도 자리가 없고 줄도 건물 밖에 빙 둘러섰잖아. 그게 불편하기도 하고 위험하기도 해서 공사하는 거야. 다 너희 생각해서 하는 거라고. 그래서 당분간 점심은 도시락을 싸 와야 할 거고, 야간 자율 학습하는 친구들은 학교 근처에서 사 먹어야 할 것 같다. 알았지?"

"……."

아이들은 갑작스러운 소식에 당황해 판단조차 되질 않는 듯했다. 앞에서 돌리기 시작한 프린트물을 받아 들고 모두 급히 읽어 내려가기 시작했다.

"이거 좋은 거야, 나쁜 거야?"

"도시락 싸 와야 하는 거니까 귀찮은 거 아닌가? 들고 와야 하잖아."

"근데 어쩌면 더 나을지도 몰라. 말이 도시락이지 먹고 싶은 거 가져오면 되는 거 아니야?"

"어, 그러네. 난 그럼 컵라면."

"나는 빵."

"야, 그만 좀 먹어 너는."

아이들은 어느새 급식 중단을 반가운 뉴스로 받아들이고 있었다. 그 소식에 기쁘지 않고 우울해진 사람은 예지뿐인 듯했다. 가뜩이나 싸우기까지 했는데 그 와중에 도시락까지 싸 와서 같이 먹자는 이야기를 해야 하고 또 어색하게 둘러앉아 아무렇지 않은 척 지내야 한다고 생각하니 가슴이 답답해지기 시작했다.

'뭐라고 말 걸지…….'

아까 일로 아이들은 단단히 삐져있을 거라는 생각이 들지만 먼저 다가가 화해를 청할 자신은 없어 결국 반쯤 포기 상태가 되었다. 그날은 우울한 기분으로 잠자리에 들었다. 그리고 다음 날, 돈도 도시락도 아무것도 준비가 되지 않은 채로 등교하고야 말았다.

# 5

"칠판에 이거 누가 쓴 거야. 지운다?"

"우리 '파워 E 클럽' 결성 기념으로 디데이 적어 놓은 거야."

"아, 그냥 내버려 두면 안 돼?"

"선생님이 싹 다 지우래. 이따가 다시 쓰던지."

당번은 칠판지우개에 물을 적셔 자비 없이 D+1이라는 숫자를 벅벅 지우기 시작했다. 그걸 보며 승아와 효정 그리고 유아는 못내 아쉬워했다. 급식이 중단된 뒤 셋은 매일 반을 바꿔 돌아다니며 밥을 먹기 시작했다. 누구와도 쉽게 친해지는 탓에 자기 교실이 아니어도 어색함 없이 잘 녹아들었다.

"야! 하도 들락날락해서 우리 반인 줄 알았다."

"맞아. 쟤넨 뭐 저렇게 위화감이 없냐."

한 번은 옆 반 선생님이 점심시간에 들렀다가 '파워 E 클럽' 아이들에게 쓰레기 좀 치우라고 심부름시켰다가 깜짝 놀라 교실을 착각해서 들어온 건 아닌지 확인하기도 했다.


"이번 주에 축구장 안 갈래? 우리 삼촌 또 올라오잖아."

"인천으로?"

"아니. 이번엔 서울이래. 좀 멀긴 한데 상암이 먹고 구경하는 맛이 또 있지. 내가 사인이랑 사진까지 싹 다 해줄게."

"그래, 나 갈래!"

"나도!"

"이번에는 따릉이도 타자."

"완전 좋아."

"이번에도 응원석에서도 볼 거야?"

"당연하지! 시끌벅적해야 흥이 나지."

"그래. 나도 막 뛰면서 소리 지르고 그런 게 좋더라."

"옷은 초록색으로 맞춰 입고 오는 거 잊지 말고."

"근데 희연이도 데리고 가도 돼? 그때 같이 떡볶이 먹었던……."

"다 돼. 우리가 낯가림이 어딨어? 친구의 동생 친구도 된다."

"그건 오버지. 크크크."

"아냐. 승아는 가능해."

같은 성향끼리 뭉친 '파워 E 클럽'은 어느새 부러움과 선망의 대상이 되었다. 이들이 나타나기만 하면 분위기가 달라지니 어느새 아이들은 슬그머니 그 주위를 맴돌며 대열에 끼고 싶어 했다. 그와 대조적으로 예지는 창가 구석자리에서 혼자 밥을 먹는 일이 늘어났다. 같이 먹자고 말을 거는 것조차 애매해진 탓이었다. 화해의 타이밍을 놓쳐버린 탓에 '파워 E 클럽' 아이들과 어느덧 소원해져 버렸다. 그렇다고 신경이 쓰이지 않는 건 아니었다.

'그냥 그때 말을 걸어볼 걸 그랬나.'

하지만 실천에 옮기지 못하고 하루가 가고 또 하루가 속절없이 흘러갔다.

"축구장 완전 재밌었지?"

"나 조규성 실제로 봤잖아!"

"완전 잘생겼지?"

"조규성 누구?"

"몰라? 월드컵 안 봤어?"

"아빠 따라 좀 봤는데……. 아 그 사람인가 보다."

"그 왜 있잖아. 두 골 넣은."

"맞아. 맞네! 진짜 봤어?"

"응. 승아 삼촌 보러 갔다가 같은 팀이라고 해서 봤잖아. 승아 삼촌도 잘생겼어~. 담에 너도 같이 갈래?"

"승아한테 물어봐야 하는 건가?"

"승아는 그런 거 신경 안 써. 많을수록 좋대."

"그래! 나야 좋지."

지난주 경기에 다녀온 아이들은 또 큰 몸짓을 섞어가며 일화를 떠들기 시작했다. 그 목소리가 어찌나 큰지 맨 뒷자리에서 모른 척하려고 하는 예지의 귀에도 똑똑히 들릴 정도였다.

"너 괜찮아?"

"뭐가?"

"아니…… 승아네랑 아직도 화해 전?"

"됐어."

그 말에 예지는 기분이 가라앉아 책상에 엎드려버렸다. 하지만 학기 초 아이들과 보냈던 날들이 머릿속을 스쳐 가는 건 막을 수 없었다. 축구장에 가서 라면을 먹던 일, 팝업 콘서트에서 댄서들을 만났던 일들이 이제는 먼 옛일처럼 느껴지기 시작했다. 그 때문에 가슴 한가운데가 뻥 뚫려 허전하기만 했다. 혼자 밥 먹고, 혼자 집에 가고, 혼자 주말을 보내는 날이 점점 많아지는 탓에 시간도 더디게 가는 듯했다. 승아 무리와 함께했던 때에는 지루하거나 심심할 틈이 없었다는 데까지 생각이 미치자 슬며시 후회가 밀려오기까지 했다.

'말…… 걸어봐? 에이, 됐다.'

예지는 수많은 아이를 뚫고 들어가 시선을 한 몸에 받으며 승아에게 말을 거는 상상을 하니 엄두가 나질 않아 도리질만 쳤다. 예지는 그렇게 점점 우울해져만 갔다.

"요즘은 어디 간다는 소리 없네?"

그날 밤 딸의 속을 아는지 모르는지 늦게 퇴근한 엄마가 화장을 지우다가 물을 마시러 나온 예지를 발견하고 정곡을 찌르는 질문을 했다. 그 말에 멈칫한 예지는 화가 치밀어 오르는 걸 참지 못하고 버럭, 소리를 질렀다.

"왜! 뭔 상관인데?"

"야, 김예지! 너 이 태도 뭐야? 엄마한테."

예지는 그 말에 대답조차 하지 않고 방으로 들어가 문을 잠가 버렸다. 영문도 모른 채 엄마는 씩씩대다가 세안을 마친 뒤 딸의 방을 찾았지만, 문은 열리지 않았다. 예지는 불을 끄고 이불 속으로 들어가 소리를 죽인 채 울고 있었다. 어디서부터인가 잘못 꿰어진 것 같다는 생각은 드는데 이걸 어떻게 풀어야 할지 알 수 없었다. 그렇게 울다 지쳐 잠이 들었다.


"야야, 오늘 이따가 떡볶이 먹으러 갈래?"

"나도!"

"먹고 볶음밥 추가는 진리지."

"가자."

오늘도 '파워 E 클럽'은 야간 자율 학습 전 같이 밥 먹을 아이들을 모으고 있었다. 교실에는 승아 일행을 포함해 열 명이 안 되는 인원만이 남아있었다. 그때 예지가 뒷문으로 들어섰다. 일순간 아이들의 이목이 쏠리고 어색함만 감돌았다. 권하지 않을 수도 없고 권할 수도 없어 주춤거리다가 결국 일행이 자리를 피하고 교실에는 예지 혼자 덩그러니 남게 되었다. 결국, 자리에 주저앉은 예지는 야간 자율 학습도 하지 않고 집으로 향했다.


방문을 굳게 걸어 잠그고 옷도 갈아입지 않은 상태로 불도 켜지 않고 이불 속에서 이어폰을 꽂고 유튜브를 봤다. 그때였다. 알 수 없는 알고리즘에 의해 섬네일 하나가 홈 화면에 떴다.

'I 이러다가 영원히 아싸 되지.'

호기심에 영상을 클릭하자 올림머리를 한 여자가 등장해 MBTI에 대한 분석을 늘어놓기 시작했다.

"I는요, 가만히 있다가 아싸 되기 딱 좋아요. 그렇게 뚜하게 행동하다가는 친구들이 챙겨주다 지쳐서 나가떨어진다니까? 하하하."

그걸 가만히 보고 있던 예지는 화가 나기 시작했다.

'아니, 자기가 뭔데 이렇게 말해?'

그리고 채널로 들어가 그녀가 올린 영상을 훑어보기 시작했다. 자신을 제나라는 닉네임으로 밝힌 유튜버는 딱 봐도 E인 듯했다. 큰 목소리, 밝은 표정, 그리고 유난스러운 몸짓까지 예지가 승아에게서 느낀 특징을 그대로 가지고 있었다. 영상을 보면 볼수록 화가 났다.

'자기는 태어날 때부터 그런 거면서. 지가 노력을 했어 뭘 했어? 그리고 다 각자 장점이 있는 거지, 왜 저렇게 이야기해? 미친 거 아니야? 지가 I가 되어 봤어? 어?'

예지는 폭발하는 화를 참을 수 없어 댓글을 남기고야 말았다. 이날 밤을 새워 유튜브 〈MBTI 월드〉 채널의 영상을 역주행하고 단 댓글만 25개. 그때만 해도 예지는 이게 큰일이 될 줄 꿈에도 알지 못했다.

"[web 발신] 인천 정동경찰서 사이버팀 성민철 경사입니다. 부재중이라 메시지 남깁니다. 유튜브 악플 고소 조사 관련 연락드렸습니다. 032-XXX-XXXX로 전화 바랍니다."

조회가 끝나고 스마트폰을 반납하기 전 마지막으로 확인하겠다고 켰다가 이상한 메시지를 발견하고 예지는 깜짝 놀라 눈을 번쩍 다시 떴다.

'뭐지? 이게 무슨 소리지? 피싱인가?'

하지만 보이스피싱이라고 하기에는 걸리는 일이 있었다.

'MBTI? 설마……'

얼른 채널로 접속해 자신이 쓴 댓글을 확인해보았다. 아니나 다를까 거기에는 자신의 분노가 표출된 흔적이 그대로 남아있었다.


- 이거 미친 거 아니야? 또라이네. 지 생각을 왜 강요해?

- 돌았나 봐. 막말도 정도가 있지.

－지가 무슨 전문가라고.

－너 같은 쓰ㄹㄱ 줘도 안 가져.

－꼭 이런 애들이 아싸더라.


확인하기 위해 스크롤을 내리는 손이 부들부들 떨렸다. 발까지 차가워지는 것 같았다. 예지는 초조한 듯 손가락을 깨물기 시작했다.

'어떻게 하지?'

"빨리 휴대폰 줘. 나, 이거 30초 뒤에 갖다 낸다. 삼십 이십구 이십팔……."

예지의 맘도 모르고 반장은 재촉하기 시작했다. 머리가 하얗게 되어버린 예지는 그 소리를 듣다가 휴대폰을 한 손에 쥔 채 교실 밖으로 뛰쳐나갔다.

"야! 휴대폰 내야지 어디가."


"엄마. 나 큰일 났어……. 어떡해? 나 이제 어떡해?"

예지가 울먹이는 소리에 깜짝 놀란 엄마는 자초지종을 설명해보라고 달래기 시작했다. 하지만 당황한 나머지 울음이 점점 크게 번져가고 결국 무슨 말을 하는지 알아듣지 못한 엄마는 조퇴하고 학교로 달려왔다. 얼굴을 가린 채 땅에 치마가 끌리는지도 모르고 주저앉아 있는 예지를 발견한 엄마는 차에 태웠다.

"괜찮아. 무슨 일인데……. 응?"

예지는 눈물범벅이 된 얼굴로 메시지를 보여줬다.

"너 무슨 악플 남겼어?"

"그게……. 일부러 그런 게…… 아니고……. MBTI 가지고 그러길래 내 욕하는 거 같아서……. 화가 나서…… 승아랑도 멀어지고……. 흐엉……."

예지는 결국 울음을 크게 터뜨렸다. 당황한 엄마는 이리저리 내용을 조합해보다가 딸이 홧김에 유튜브 채널에 악플을 남겼고, 이를 운영자가 신고해서 경찰서에 사건 접수가 되었다는 것을 알아낼 수 있었다.

"예지야. 엄마가 이야기해볼게."

그리고 엄마는 휴대전화 메시지에 남겨진 번호로 전화를 걸고 한참을 통화한 뒤 예지에게 다정하게 말을 건넸다.

"딸! 엄마랑 같이 가. 같이 가서 죄송하다고 하자. 진심으로 용서해달라고 하면 돼."

"엄마. 미안해……."

둘은 그렇게 사흘 후 경찰서로 출두했다.


눈물을 흘리며 그간의 사정을 이야기하는 예지의 모습을 보며 〈MBTI 월드〉의 제나는 안쓰럽다는 생각이 들었다.

"그렇게 된 거예요. 정말 죄송해요."

"그래……. 사정은 알겠어."

"정말 죄송해요."

"흠……. 원래는 용서해줄 생각이 아니었어. 나도 많이 힘들었거든. 사실 유튜브는 재미로 하는 게 아니야. 내 일 터라고. 그리고 너처럼 홧김에 악플 다는 사람들 때문에 잠도 못 자고 밥도 못 먹고 너무 시달려서……. 그래도 솔직하게 이야기해줬으니까 이번 한 번은 그냥 넘어가려고 해. 내 거 말고 다른 데 가서도 절대 다시는 그런 짓 하면 안 돼. 알았지?"

"네……. 죄송해요."

"그래, 알았어. 그리고 음……. 한마디 하자면 그냥 네 속에 있는 이야기를 하면 좋겠어. 그 승아라는 친구한테 뭐가 불편한지 어떤 게 힘든지 솔직하게 말한 적은 없는 것 같아서. 사람은 말하지 않으면 아무리 친해도 잘 모르거든. 그리고 내가 진심으로 이야기했는데도 상대가 이해하지 못하면 그때는 어쩔 수 없는 거고. 그래도 난 한 번 마음을 터놓고 말해봤으면 싶어. 가봐."

예지는 휴게실에서 빠져나와 복도에서 기다리던 엄마에게 향했다. 엄마는 딸을 감싸 안으며 머리를 쓰다듬어주다가 제나와 눈이 마주치자 재빨리 고개를 푹 숙여 인사했다.

"그냥 취하할게요. 합의금은 안 주셔도 되고요. 그냥 앞으로 이런 일 없게만 해주세요. 많이 반성했다고 해서 저도 그냥 이번에는 넘어가기로 했어요."

"고맙습니다. 고맙습니다. 죄송하고요."

돌아서는 제나의 뒷모습에 연신 엄마는 고개를 숙였다. 여전히 딸을 감싸 안은 채였다.

# 6

'어떡하지……'

예지는 어제 한 약속과는 다르게 자꾸만 망설여졌다. 복도에서 무리를 이루며 대화의 꽃을 피우고 있는 승아 쪽을 힐끗힐끗 바라봤다. 이미 스마트폰도 반납한 후라 카카오톡이나 문자 메시지를 보낼 수도 없고, 전화할 수도 없는 노릇이었다. 그렇다고 편지를 써서 전달하는 건 오버인 듯해 타이밍만 잴 수밖에 없었다. 승아가 혼자 남겨진다면 슬그머니 다가가 이야기를 건넬 수도 있겠지만 지금 상황으로는 그건 불가능해 보였다.

"저……"

"야, 있잖아. 이따가 우리 또……."

"맞다. 그래. 그거 있었잖아."

"너도?"

어렵사리 입을 뗐지만, 아이들에 둘러싸여 대화에 열중인 승아에게 그 목소리는 닿지 못했다. 시간이 지날수록 어정쩡하게 선 예지와는 반대로 승아는 점점 더 많은 아이에게 둘러싸였다.

'에이, 안 되겠다…….'

예지는 어렵사리 낸 용기에도 불구하고 발길을 돌릴 수밖에 없었다.


"이번 시간 체육인 거 알지? 또 늦으면 단체로 기합받는다고 했으니까 빨리빨리 움직이자. 몇몇 때문에 다수가 피해 보는 일은 없어야 한다고."

잔뜩 독이 오른 체육부장이 으름장을 놨다. 그도 그럴 것이 쉬는 시간이 다 끝날 때까지 옷도 갈아입지 않고 꾸물대다가 수업이 늦어진 게 한두 번이 아니었기 때문이다. 그 때문에 1학년 3반은 50분이라는 시간을 다 쓰지 못해 다른 반에 비교해 진도가 꽤 늦어졌다. 그 결과 체육 선생님이 부장을 불러 한 번만 더 늑장 부리면 가만 안 있겠다고 경고했던 것이다.

"알았어. 알았다고……."

"움직인다. 움직여!"

하지만 아이들은 짜증을 내면서도 자리에서 꾸물대기만 할 뿐 서두르는 기색이 없었다. 체육부장은 계속해서 발만 동동 구르다가 결국 운동장으로 먼저 나섰다.

"차렷. 경례!"

"됐어. 하지 마. 그만둬."

차양이 달린 모자를 쓴 체육 담당 장선미 선생님의 얼굴은 이미 반쯤 구겨져 있었다. 앙다문 입술을 앞니로 지그시 누른 채 잘근잘근 씹고 있었다. 수업 시작 시각이 15분이나 지나서야 겨우 몸풀기 운동을 마치고 정렬했다.

"너희 못 들었니? 내 말 못 들었어?"

"아니요……."

"말꼬리 누가 흐리랬어? 똑바로 말 못 해?"

"아니요!"

이제야 잔뜩 긴장한 1학년 3반 아이들이 핏대를 세워 대답했다. 맨 앞에 선 체육부장은 어떤 불호령이 떨어질지 감히 예상도 하지 못한 채 발발 떨고 있었다.

"우리 이번 학기에는 조를 짜서 농구 시합 토너먼트로 한다고 했지? 이렇게 자꾸 늦어지면 경기할 수 있겠어? 어?"

"죄송합니다……."

"다시 제대로 말 못 해?"

"죄송합니다!"

"…… 오늘 어디야?"

"3조랑 4조 시합할 차례입니다."

"빨리 준비해. 시간 없으니까 2쿼터로만 빡세게 한다. 알겠나?"

"네!"

그 말에 다섯 명씩 짝지어진 두 팀만 남고 나머지 아이들은 코트 바깥으로 빙 둘러앉았다. 노란색 조끼를 입은 쪽이 예지가 포함된 3조였고, 조끼를 입지 않고 체육복만 입은 쪽이 승아가 포함된 4조였다. 공교롭게도 대치하게 된 상황에서 바로 맞은편에 선 둘은 코트 중앙에 나란히 서서 어색한 인사를 주고받았다.

"야! 이쪽. 이쪽!"

"움직여 빨리. 디펜스. 디펜스."

교체선수도 없이 2쿼터 안에 승부를 보는 시합인지라 양쪽은 가쁜 숨을 토해내며 긴박하게 경기를 이어갔다. 마지막 공격 타임이 주어졌을 때 먼저 볼을 잡은 쪽은 승아네였다. 하지만 패스하는 도중 인터셉트를 당하는 바람에 예지네에게 기회가 주어졌고, 이를 득점으로 연결하기 위해 예지를 비롯한 모든 아이는 승아네 코트로 들어섰다. 하지만 필사적인 블로킹 때문에 어렵게 쏜 슛이 결국 링을 맞고 튀어나온 채 시합이 종료되었고 결국 10:8로 승아네 팀이 승리를 가져갔다.

"야, 조심해!"

패배에 분한 나머지 예지팀 아이 하나가 가지고 있던 공을 세게 던졌는데 그게 승아의 얼굴 정면을 향해 날아들고 있었다.

"퍽!"

승아는 피할 새도 없이 그 자리에 서서 눈만 질끈 감았다. 하지만 큰 소리에도 불구하고 공에 맞았다는 느낌이 들지 않았다. 확인을 위해 조심스럽게 눈을 떴다.

'뭐지?'

공은 바닥에 떨어져 있었고, 그 옆으로 예지가 동그랗게 등을 말고 주저앉아 손을 부여잡고 있었다. 땅을 향해 축 처진 손가락이 어쩐지 부자연스러워 보였다.

"아악……."

"괜찮아?"

승아가 달려가 맞은편에 쪼그려 앉아 상태를 살폈다. 아무리 힘을 줘도 퍼렇게 멍이 든 채 움직이지 않는 오른손 중지와 약지. 이상한 낌새를 알아차린 승아는 소리쳐 체육부장을 불렀다.

"여기! 여기! 예지 다쳤어. 빨리!"

그리고 승아와 체육부장은 양쪽에서 예지를 부축하고 양호실로 내달렸다.

"부러진 것 같은데……. 아무래도 지금 조퇴하고 병원으로 가야겠다."

"네? 그 정도는 아닌데……."

"원래 손가락 골절은 통증이 심하진 않을 수 있어. 그래도 부러진 건 부러진 거라서 병원 가서 엑스레이 찍고 처치 받아야지. 1학년 3반이라고 했지? 내가 담임 선생님께 이야기할 테니까 얼른 가방 챙겨서 가. 맞다. 부모님께도 연락하고, 병원 가려면 혼자서는 안 될 거야. 누가 좀 도와 줘야 할 것 같은데?"

양호 선생님은 양쪽에 선 두 학생의 얼굴을 번갈아 쳐다봤다.

"제가 같이 갈게요. 저 때문에 다친 거니까."

"그럴 것까지……."

"그럼, 네가 데리고 가. 잘 부탁한다. 응?"

그 말에 부장은 체육 선생님께 말을 전한다고 잽싸게 뛰어나가 버리고 승아는 예지의 가방을 챙기기 위해 교실로 올라갔다. 계단을 몇 개씩이나 뛰어넘으면서 달려 교실에 들어서자 아이들의 질문이 쏟아졌다.

"걔 다쳤어?"

"심한 거야?"

"조퇴한대?"

그 말에 대꾸도 하지 않은 채 자기 가방까지 챙겨 나온 승아는 1층 중앙 현관에 선 예지를 발견하고 데리고 나가며 스마트폰을 내밀어 전화를 걸라는 시늉을 했다.

"어……. 어……. 고마워."

그렇게 둘은 함께 나란히 정형외과로 향했다.


"부러진 거 맞대?"

"어……."

"많이 아프지?"

"아니, 뭐……."

"아프지. 그럼! 부러진 건데……."

승아가 갑자기 울음을 터뜨렸다.

"으허헝. 야, 왜 그랬어. 미안하게……."

"아니, 난 그냥……. 네가 한 말이 생각나서……."

"무슨 말? 어? 너 설마?"

예지는 대답 대신 고개를 끄덕여 보였다. 그 모습에 더 큰 울음소리가 터져 나왔다. 승아가 망막박리 수술을 받은 적이 있는 터라 눈에 민감하다는 걸 기억하고 행동한 것이었다. 그 마음 씀씀이에 승아는 오래도록 울음을 그치지 못했다. 그리고 집으로 돌아가는 길. 승아와 예지의 제대로 된 대화가 시작되었다. 새 학기가 시작된 지 4개월 만에 처음이었다.


"이거 계속 여기에 이렇게 적어 놓을 거야? 승아야. 쫌!"

당번이 칠판을 지우다가 '파워 E 클럽 D+95'라고 적어놓은 숫자 앞에서 망설이다 뒤돌아서 승아 쪽을 향해 외쳤다.

"그래 너 ENFP고 인싸야. 됐지? 이거 어떻게 해. 또 그냥 내버려 둬?"

"지워."

"뭐?"

"지우라고."

"진짜 지우라고?"

"지워줘."

당황한 당번은 망설이다가 천천히 숫자부터 거꾸로 지워나가기 시작했다. 그리고 영어 선생님이 곧이어 들어오셔서 바로 수업이 시작되었다. 이날은 이동수업이 전혀 없었다. 7교시를 연속 같은 자리에 앉아야만 했다. 그렇게 길고 지루했던 하루가 끝났을 무렵, 승아가 벌떡 일어나 칠판을 향해 걸어갔다. 교탁 밑에 놓인 물 백묵을 들고 뭔가를 쓰기 시작했다. 몇몇 아이들이 가방을 챙기다가 그 모습을 지켜봤다.

'파워 E & I 클럽 D+1'

그리고 그걸 발견한 예지는 씩 웃고 말았다.